CARLOS FUENTES

13

ÁMBITOS LITERARIOS / Premios Cervantes

Carlos Fuentes. Madrid, 1985. Foto Raúl Cancio

CARLOS FUENTES

PREMIO DE LITERATURA
EN LENGUA CASTELLANA
«MIGUEL DE CERVANTES»
1987

MINISTERIO DE CULTURA
Dirección General del Libro y Bibliotecas
Centro de las Letras Españolas

Primera edición: diciembre 1988

Edita: Editorial Anthropos. Promat, S. Coop. Ltda.
Vía Augusta, 64, 08006 Barcelona
ISBN: 84-7658-118-1
N.I.P.O.: 301-88-054-2
Depósito legal: B. 25.813-1988
Impresión: Gráficas Guada, Esplugues de Llobregat (Barcelona)

Impreso en España - *Printed in Spain*

El encierro del ser. La aventura mítica: riesgo, apertura y libertad

Un texto el presente que abre tiempos, espacios y memorias en la obra de C. Fuentes; dimensiones y niveles abismáticos, ecos y voces de lejanas historias, conquistas, imperios y sangre, cruces, espadas, insignias y banderas cruzan el aire y el paisaje, el mar, la cordillera, el llano y la cascada. Pero una única historia se esconde en la leyenda y en las múltiples narraciones de América, el mito y la utopía, las Edades del Tiempo traspasan el espacio, los hombres y sus hazañas. Breves estudios —aquí— centran el análisis de su obra: una biografía intelectual; una secuencia creativa de sus cuentos, narraciones y ensayos; la conciencia del lenguaje, su idea de la literatura y la novela, de América y Europa, etc., y una selectiva documentación bibliográfica. En definitiva, un texto muy breve que es llamada e invitación, llave para adentrarse en el verdadero texto: su creación narrativa, la novela.

F. Javier Ordiz, estudioso e investigador de la obra narrativa de C. Fuentes, resume en apretadas páginas la proyección vital e intelectual del autor, su infancia transhumante, México constituido como horizonte e imaginación creadora, nostalgia y lejanía, fondo y referencia de voces que quedan detenidas en el tiempo pétreo de la historia. Sus diversas experiencias en EEUU. La herida histórica de su inocencia, estudioso y buen compañero, pero la llaga juvenil se hace revelación: «Me di cuenta —Carlos Fuentes— de que pertenecía a una nación, a una cultura y a una historia». En Norteamérica se sintió, entonces, por primera vez, extraño, extranjero, otro, diferente, un hispano de México, «un apestado». El medio puritano se traduce en fórmula creativa, en trabajo: «tengo que cumplir con mi deber, tengo que escribir». Otros mundos y realidades entran en su experiencia: Santiago de Chile, Buenos Aires... Su pasión de cinéfilo, contacto con la literatura, el arte y la historia de Hispanoamérica. J. Donoso, J.L. Borges, en ellos y en su mundo encuentra la posibilidad de redescubrir la historia de América, el proyecto de su nuevo nacimiento. No quedarse anclado en la simple historia de los humillados. En México se encuentra con un «mundo de prohibiciones y represión»... «Todo estaba bajo el signo del pecado». La amistad y guía de Alfonso Reyes compensa muchas cosas. Él es su mediador intelectual. Aparece, con ello, la conciencia de la cultura y su pasado, de ser miembro de la «gran comunidad hispana». La vocación de escritor, lector apasionado, encuentros con los clásicos españoles, las figuras de Don Quijote y Don Juan «los primeros dos grandes personajes de la modernidad europea». Visión amplia y profunda de la literatura, sus tradiciones y creaciones más fundamentales, intensa vida social, recorridos por el sustrato de la historia urbana, esbozos de proyectos, de escritura fervescente, tocada por la gracia y el aire del corazón, del sentir lo hondo, donde tiene lugar toda nascencia y ficción. Su ámbito es la fiesta nocturna y la bohemia literaria cuya experiencia elabora en su novela *La región más transparente*. Surge la reflexión sobre la condición del hombre latinoamericano. «Hispanoamérica reclama ya su lugar en el concierto de la comunidad humana —afirma A. Reyes—. Esta será una de las principales enseñanzas que Fuentes recibirá de su maestro: la necesidad de valorar e interpretar a México y a "lo mexicano" como manifestaciones particulares de la universalidad esencial del ser humano.»

La amistad de O. Paz y el contacto con su pensamiento *El laberinto de la soledad* que ofrece «el estudio más profundo y acabado del "ser" mexicano».

F. Javier Ordiz sigue la secuencia de su creación narrativa y reflexión histórica de la novela y de la realidad actual. Califica la revolución de mayo del 68 como «una insurrección, no contra un gobierno determinado, sino contra el futuro determinado por la práctica de la sociedad industrial contemporánea». Compromiso y vanguardia, búsquedas expresivas nuevas, innovación constante. La novela de hoy es básicamente «mito, lenguaje y estructura». Su expresión artística y su creación lingüística toman cuerpo en la diversidad de géneros literarios y estéticos actuales: cine, ensayo, narrativa, teatro... donde sus últimas creaciones coinciden con sus proyectos iniciales de novelista. Todo es fragmento, división, pero es preciso «hallar un modelo propio, basado en la tradición histórica y cultural». La indagación que late y permanece en su obra, una de las más «creativas, amplias y ricas del continente americano» es la búsqueda y comprensión de la unidad, la escritura y proyecto de la novela.

El siguiente trabajo «La conciencia del lenguaje» constituye en la creación de C. Fuentes uno de los temas centrales y más importantes. T. Fernández, profundo conocedor de su obra, inicia su estudio de las reflexiones personales de C. Fuentes en la novela hispanoamericana en que destaca el hecho del lenguaje. «Conquistar un lenguaje —dice— significa terminar con el que había falseado la historia y había justificado la dependencia»; el escritor cumple «una función revolucionaria». C. Fuentes había encontrado un «nuevo lenguaje por su indagación de la sociedad mexicana...» y en última instancia de la condición humana y su historia.

La siguiente referencia del trabajo pertenece al conocido libro de J. Donoso *Historia personal del «boom»*, donde nos narra entre otras muchas cosas el impacto renovador que produce en su creación literaria la lectura de la obra de Carlos Fuentes:

> Quizás el mayor deslumbramiento que provocó en mí la lectura de *La región más transparente* fue su *no* aceptación, justamente, de una realidad mexicana unívoca; fue su rechazo —y su utilización literaria— de lo espurio, de las apariencias. Su actitud no era la de documentación, como la de los novelistas que en mi ambiente me ceñían, sino de indagación. Y la excelencia de *La región más transparente* era que esa indagación no tenía nada de discursivo, sino que al contrario estaba profundamente plantada en la carne misma de la novela. La definición de Mario Vargas Llosa del escritor como exorcisador de sus propios demonios vale en cuanto el escritor no conoce esos demonios al comenzar a escribir y por lo tanto es incapaz de postularlos; pero puede cometer el acto mágico —por algo la palabra exorcizar— de utilizar su propio yo, implacablemente empeñado en inventar un idioma, una forma con el fin de efectuar el acto de hechicería de hacer una literatura que *no aclare nada,* que no explique, sino que sea ella misma pregunta y respuesta, indagación y resultado, verdugo y víctima, disfraz y disfrazado. En relación con ésto, es verdad, la mirada de Carlos Fuentes se dirigía en *La región más transparente* hacia afuera, hacia la sociedad y sus problemas, hacia la historia y la antropología; pero por otro lado, en una aventura existencial del autor en busca de sí mismo, la mirada se vierte también hacia adentro, hacia el individuo que está mirando y escribiendo y a la vez haciendo la crítica de su propia mirada y de su propia escritura. Aquí es donde cabe la gran diferencia entre Carlos Fuentes y John Dos Passos, su ruptura con el realismo: si me viera apurado para comparar *La región más transparente* con la novela de algún yanqui, eligiría, más bien —por la exaltación del yo lírico que le confiere deformidad, ambigüedad, temperatura, a estas novelas que de otra manera quedarían ancladas en el realismo— a Thomas Wolfe y su desordenada tetralogía que culmina con *You can't go home again.* Es el idioma, descubierto

por la elevada temperatura novelística conferida por un yo exagerado, lo que toma sin duda el papel protagónico. Y por esto mismo tampoco puedo comparar a Fuentes, como se ha hecho, con los novelistas germanos de entre-guerras: ni con *Los demonios* de Heimito von Doderer, ni con *Los sonámbulos* de Herman Broch, ni con *Los Buddenbrooks* de Thomas Mann, ni con *El hombre sin atributos* de Robert Musil, que sé que Fuentes conoce y admira... o admiraba. Estos son intelectuales que postulan sus demonios antes de comenzar a escribir; Fuentes, en cambio, en *La región más transparente,* se regodea en el goce de sentirlos rondando, se confunde con ellos, y lejos de postularlos les pregunta a veces a gritos cuáles son sus nombres.

No sólo utiliza el autor muchas maneras distintas y a veces contradictorias de novelar, no sólo ensaya trucos dispares que a cierto nivel le dan un aspecto de eclecticismo desordenado pero a otro nivel produce una variedad de texturas y de velocidades y ritmos de marcha, sino que confía al lenguaje su imperativa voluntad de forma. Lo importante del yo lírico que actúa aquí como lenguaje unificador, es su poder de transformación de las cosas, hasta que el dato antropológico se incorpora a la poesía; su artificialidad y naturalidad sucesivas se hacen indagaciones en lo que es la artificialidad y la naturalidad; su libertad para absorber anglicismos, barbarismos, indigenismos, idiotismos, neologismos transforman la bastardía, el mestizaje en el tema central del libro realizado a nivel del idioma; su lirismo subjetivo y desvergonzadamente elocuente encarna su capacidad de crueldad y de sátira, de pasar del ser humano psicológicamente verosímil, al títere y a la masa. [...]

Pero el hecho de que el lirismo de Carlos Fuentes estuviera encaminado a una búsqueda, a una síntesis deseada pero nunca formulada, o más bien formulada de cien maneras contradictorias, significaba que en su novela lo intelectual tenía gran importancia. Y lo intelectual —equiparado en mi mundo literario con «frío», con «desdeñoso», con «aristocrático», pero jamás con «inteligente» —estaba tan vedado como el lirismo en la novela chilena de mi tiempo. decir que había un componente intelectual de importancia en una novela era un anatema que permitía tildarla inmediatamente de pretenciosa. Y en Chile, país pobre, orgulloso, igualitario, legalista, el peor pecado es parecer pretencioso, así como la mayor virtud es la sencillez.

Sin embargo, *La región más transparente,* que era lírica y además intelectual, no era pretenciosa; era más bien ambiciosa, lo que es muy distinto: no proponía el microcosmos de la aldea tolstoiana descrita por uno de sus habitantes, sino al contrario, proponía una cosmovisión que abarcaba todas las clases sociales, el panorama mexicano en su presente y su pasado y sus mitos y sus luchas, su actualidad nacida de la pugna de lo español con lo indio, de lo mestizo con lo yanqui, del cura católico vestido de negro con los esplendorosos sacerdotes de las viejas religiones sangrientas y autóctonas, era la antropología y el conocimiento de la política de ayer y de hoy examinando la supervivencia de las trescientas sesenta y cinco iglesias de Cholula construidas sobre trescientos sesenta y cinco santuarios aztecas, y sus relaciones con la música popular y con el colorido, las razas, las revoluciones, la agricultura, los héroes, los traidores... síntesis hecha, no como hasta ahora, *antes* de que el escritor se pusiera a escribir, sino sobre la inmediatez de la página misma; lo incluía todo en un fresco abigarrado que muchas veces parecía inconexo porque no obedecía a las aceptadas leyes de la composición. La *unidad* dentro de la novela había sido para mí un concepto sagrado. [...]

Y esta admirable novela de Carlos Fuentes nada tenía de cerrada ni de sencilla, ni de documental, sino que era, al contrario, una síntesis, una inclusión de todas las bastardías de raza y de gusto y de lenguaje y de forma: primaba lo artificial sobre lo natural, y la imaginación sojuzgaba al realismo sin obedecer a unidades prenovelísticas de ningún orden, sino que a una potente óptica personal. [...]

Esta conciencia de que alguien de mi mundo y de mi generación había escrito una novela de tal libertad formal que hizo estallar todas mis leyes, fue el primer estímulo real que recibí, de escritor a escritor.

[José Donoso, *Historia personal del «boom»,* Anagrama, Barcelona, 1972, pp. 47-53.]

En síntesis, J. Donoso, novelista también, recibe el impacto de su lectura; le impresiona especialmente su indagación de lo espurio, marginal y aparente, «profundamente plantado en la carne misma de la novela»; una literatura que es en sí misma pregunta y respuesta, verdugo y víctima, disfraz y disfrazado, ambigüedad y exorcismo. Su escritura contiene la mirada hacia fuera y hacia dentro, pero, a su vez, la crítica de su propio mirar y escribir. El idioma se hace protagonista de la narración. Le importa poder transformar las cosas por la fuerza de su palabra, su libertad en el uso de los recursos lingüísticos; es una escritura ambiciosa, intelectual, lírica, que encierra una cosmovisión en la que todo queda incluido y asumido, desde el sustrato de la historia, sus ínferos, hasta las poéticas de su palabra creadora. Y aquí radica también la contribución del estudio de T. Fernández, que evalúa en su obra sobre todo la creación lingüística, «inventar un lenguaje, es decir, todo lo que la historia ha callado [...] transformar la fatalidad en programa y proyecto»; su encuentro con textos sagrados, mitos y narraciones ejemplares le abren el camino para «sacar a la luz» un inconsciente colectivo, arquetípico propio de la colectividad humana. «La realidad —dice— es un hecho del lenguaje.» El escritor «es a la vez sujeto y objeto del lenguaje, creador del lenguaje y creación de las estructuras lingüísticas». Por eso, la novela contemporánea es para C. Fuentes «mito, lenguaje y estructura». El texto busca al lector, éste es su apertura y su plenitud relativa, histórica, cultural. Un bellísimo trabajo el que nos ofrece T. Fernández al entrañarse en su escritura por los hilos de luz que abren la obra laberíntica de C. Fuentes.

El contenido del libro se ahonda con dos textos del propio autor, una entrevista de M. Victoria Reyzábal que sintetiza en su título «Mantener un lenguaje o sucumbir al silencio». Son múltiples, ricos y hondos los conceptos que vierte C. Fuentes al hilo de las cuestiones de la entrevista. Señalamos los que nos parecen más significativos. El primero se refiere al sonido que constituye una clave importante de su narrativa. Para ello, su suelo imaginativo se nutre y conforma de escritura y sonido: «mi oído —dice— está lleno de maravillosas aventuras radiofónicas [...] la presencia era una proyección del sonido». Otro elemento constructivo de su imaginación es el viaje, el contacto inmediato o latente, sentido, con los espacios y tiempos, las patrias, las presencias. «Yo me siento enriquecido por mi constelación de patrias.» Ello conforma la expresión de su derecho de definición íntima y personal, de una elección que se opone a los «diktats» fascistas que todavía hoy pretenden imponer o privar de patria, de identidad y de residencia, de experimentar el viaje en todos los sentidos y niveles de la realidad.

> Unos arrojados por el exilio, otros motivados por la afinidad, todos ejerciendo, digamos, el derecho íntimo: ésta quiero que sea mi patria, éste mi pasado más entrañable, éste el horizonte de mi futuro, donde quiera que me encuentre. [...]
>
> [...] mi patria es todo lugar donde tengo amigos que quiero. Yo elijo mi patria mexicana y también mi patria francesa, española, norteamericana e inglesa; mis patrias chilena y argentina, donde estuve a punto de quedarme a vivir, tanto me identificaba con ellas de adolescente; o mi patria nicaragüense hoy, donde se repite el «dictum» que acabo de citar: mi verdadera patria es aquélla donde encuentro el mayor número de personas que se «asemejan» a mí.

Los poetas —en grande— y los artistas lo son principalmente porque saben sentir la honda, inconsciente estructura de lo real, expresarla, transfigurarla, colmarla de voz y figura. Por eso, en verdad, sólo hay una patria, la del deseo de presencia, de otredad, de prójimo, la comunión solidaria de quienes nos hemos concretado como semejantes, como amigos, y reconocemos en toda presencia la posibilidad potencial del otro de ser humano, elegido por el deseo que configura y transfigura todo origen y nacimiento histórico en realidad inventada. La ficción es, pues, la raíz escondida y secreta, distante ruptura de lo humano. La obra de C. Fuentes constituye una hermosa irrupción en el tiempo, en sus fragmentos pétreos que tocados por la magia de su palabra, se licuecen en múltiples formas y presencias pobladoras de la imaginación y lo real. Por eso, la literatura, en su concepto, añade realidad a la realidad, es siempre un más, ni una repetición ni un reflejo, sino una verdadera creación. Su concepto de la novela actual recupera la tradición de la Mancha, del Quijote, como campo potencial de lectores inexistentes, previos al texto; creación irracional y sueño, donde el Yo del autor casi desaparece en el Nos de la escritura narrativa.

> Hay, pues, un nos-otros con sonrisa, no con banderas, que recupera hoy la tradición manchega y, al hacerlo, le da a lo colectivo un nuevo sentido, generoso y desafiante: el nos-otros de la novela actual no es un estrecho canon decimonónico (personajes, trama, linearidad) sino un horizonte muy ancho en el que dialogan no sólo «personajes» sino, como quieren Batjin y Broch, civilizaciones, tiempos históricos alejados, clases sociales, figuras aún borrosas y sin definición sicológica, lenguajes. La autobiografía, dentro de este horizonte, es apenas punto de referencia mínimo. Todos formamos parte de nuestra propia subjetividad y de nuestra propia colectividad, pero resulta que ambas son parte de nuestra personalidad. La subjetividad es nuestra, pero la colectividad también. Lo demás, es el duro mundo de la materia.

La creación es gracia y libertad; posee efectos sociales «sólo cuando es literatura», únicamente arte sin más paliativos ni exigencias interesadas. Por eso, ser escritor en Latinoamérica significa «mantener un lenguaje o sucumbir al silencio...». Formamos parte de un área lingüística, de una tradición, de la cultura que configura plenamente el idioma español, de su concepción universal de la literatura, sin purismos académicos sino mancillado por el contagio oscuro de la historia. C. Fuentes afirma rotundo: «creo en el contagio de lenguas, de cuerpos, de culturas», el arte hoy no bendice la luz sino que surge y se configura «en el subterráneo, en el lodo, en el infierno». Sólo le interesan los libros que son «la búsqueda de sí mismo», sin lectores previos, ni recetas. Así «la novela surge en nombre de ese lector potencial, es por ello, una novela potencial también». Toda verdadera novela hoy es poesía. La irracionalidad de la figuración ficcional —Don Quijote— se constituye en «una de las realidades más poderosas del mundo». Los espacios son críticamente asediados por el tiempo, en él habita la imaginación. La presencia literaria, textual, de una ciudad siempre se configura en lugar imaginario, de milagros y prodigios, donde sólo es congruente lo «multirracial» y lo «policultural», que constituye un nuevo descubrimiento y recuperación de la presencia trágica ausente en la modernidad. «El novelista —dice C. Fuentes— es el Dédalo que ha despertado.» La imagen de la identidad es ambigua.

> Nuestra literatura es importante porque nos recuerda constantemente que lo que nos falta por escribir (es decir, por identificar) incluye no sólo al futuro sino al pasado. El escritor mantiene la novedad del pasado, no sólo la del porvenir. Borges nos enseñó que lo no escrito incluye el pasado. Todas éstas son armas para enfrentar los desafíos de la ultramodernidad que se nos viene encima: interdependencia económica, revoluciones tecnológicas, instantaneidad de las comunicaciones. Estos hechos no le piden permiso a nadie para entrar a nuestras casas e instalarse en ellas. Son hechos impacientes. No nos van a preguntar: ¿Ya sabes cuál es tu identidad?, antes de imponer la suya. Sugiero que seamos irónicos al respecto: juguemos a que seguimos buscando nuestra identidad, a sabiendas de que la tenemos, pero que esa posesión es un problema y un enigma. En el interior de nuestras cul-

turas, debemos elaborar incesantemente la inmensa riqueza de nuestra tradición, y en el orden externo pedir y obtener, como Scherezada, un día más para aplazar, desplazar y contar una nueva historia. Yo le guiño el ojo a Hegel: *América es un Todavía No.* O, como escribo en *Terra Nostra,* un «*Nondum*».

Hay una historia por reescribir no sólo en su futuro, sino también en su pasado; en los surcos del tiempo quedan inéditas múltiples y calladas presencias, caminos y exploraciones silentes y silentes tergiversaciones de su eficacia, las ausencias: «la crítica del progreso apunta —dice— hacia una tercera posibilidad, apenas tocada, y ésta es la autogestión obrera», que los trabajadores se gobiernen a sí mismos. Es posible, frente a la facticidad capitalista o socialdemócrata, recuperar e inventar la memoria callada de los tiempos.

> Sí, estamos re-inventando una memoria, o, como dije antes, otorgándole tiempo a la experiencia para que madure en conocimiento. Pero como en literatura el nombre del conocimiento es imaginación, el proceso es inacabable. Esto es una garantía de la continuidad de la vida, aunque la muerte sea inevitable.

Todo se configura en proceso inacabable, múltiple e irreductible, a una única máscara o discurso. «Las elecciones descartan una parte de lo que asumen»; en la subjetividad conviven transparencia y enigma, luz y oscuridad, interior escondido de la llama que oculta su presencia. La ficción, pues, tiene múltiples orígenes. Aliciente y celebración es el carácter temporal de la creación literaria. Siempre se está escribiendo una novela: la imaginación, el deseo de presencias compartidas, de la amistad y otredad. Un texto rico tocado de alusiones, sugerencias y aciertos, la novela que se piensa a sí misma e inventa transfiguraciones.

El discurso con motivo de la entrega del premio «Miguel de Cervantes» complementa el sentido estético del texto.

Darle voz y nombre a quienes no los tienen: la aventura quijotesca aún no termina en el Nuevo Mundo. Recordar que había una civilización del Nuevo Mundo antes de 1492 y que aunque la conquista propuso una nueva historia, los conquistados no renunciaron a la suya. El recuerdo ilumina el deseo, y ambos se reúnen en la imaginación: ¿Quién es el autor del Nuevo Mundo?

Somos todos nosotros: todos los que imaginamos incesantemente porque sabemos que sin nuestra imaginación, América —el nombre genérico de los mundos nuevos— dejaría de existir.

A partir de la imaginación, los hispanoamericanos estamos intentando llenar todos los abismos de nuestra historia con ideas y con actos, con palabras y con organización mejores, a fin de crear, en el Nuevo Mundo hispánico, un mundo nuevo, una realidad mejor, en contra del capricho del más fuerte, que se sustenta en la fatalidad; a favor del diálogo y de la coexistencia, que se sustentan en la libertad, y otorgándole un valor específico al arte de nombrar y al arte de dar voz. Escritores, somos también ciudadanos, igualmente preocupados por el estado del arte y por el estado de la ciudad.

Portamos lo que somos en dirección de lo que queremos ser: voces en el coro de un mundo nuevo en el que cada cultura haga escuchar su palabra. [...]

[...] 1992 es quizás nuestra última oportunidad de decirnos a nosotros mismos: esto somos y esto le daremos al mundo. Ejemplifico, no agoto: somos esta suma de experiencias, esta capacidad para actualizar los valores del pasado a fin de que el porvenir no carezca de ellos, este sentimiento trágico de que ninguna receta ideológica asegura la felicidad o puede, por sí misma, impedir la infelicidad, si no va acompañada de algo que nosotros, los hispánicos, conocemos de sobra: el poder del arte para compensar y completar la experiencia histórica, dándole sentido, y convirtiendo la información en imaginación.

Todo un proyecto de la imaginación para convivir y crear. Hermosas palabras, deseos y realidades del quehacer intelectual de C. Fuentes.

El autor trata, como afirma en su entrevista con Julio Ortega, de reflexionar sobre los textos latinoamericanos y su historicidad. Todo ello conduce a una lectura plural, provisional, incompleta, en proceso de descubrimiento, siguiendo la filosofía de Vico y la crítica de Bakhtin. Se refiere a la historia de la cultura, del lenguaje, del mito; historia y poesía son documentos inseparables, pero todo texto —incluido la *Ilíada*— es inconcluso. Sólo el mito, sus elaboraciones históricas y sus múltiples transfiguraciones temporales y espaciales pueden acoger y comunicar la pluralidad de textos, de voces, de escrituras, de ficciones. Dice C. Fuentes:

> Trato de interpretar en contra de la noción de Moctezuma como el Tlatoani, el hombre de la gran voz, el hombre que ejerce el monopolio de la palabra. También en oposición a la Contrarreforma, que nos impone un texto único, dogmático y ortodoxo, y lo hago planteando una lectura pluralista, heterodoxa en la vocalización y aun en la vociferación frente a estos poderes verticales, dogmáticos, que generalmente han regido los destinos del área latinoamericana.
>
> [C. Fuentes, «La invención de América», *Diario 16*, 16 abril 1988.]

El siguiente texto informa y amplía brevemente la función social del mito y su presencia en la literatura:

> Los mitos de la incumbencia permiten que los miembros de una sociedad sigan unidos, acepten la autoridad, sean leales los unos a los otros y se comporten valientemente ante las agresiones. Estos mitos son elaboraciones verbales diseñadas para cumplir unos propósitos sociales concretos. En literatura los mitos son desinteresados: son formas de la creatividad humana, y como tales transmiten el júbilo —palabra más concreta que placer— que corresponde a la creación pura. Se forman con todos los horrores e iniquidades concebibles de la vida humana, y, sin embargo, una exuberancia interna los eleva y separa de esa vida. La literatura es única entre las artes porque

puede reflejar el mundo del que se huye —mediante las convenciones de la tragedia, la ironía y la sátira— y el mundo hacia el que se huye —mediante sus convenciones de lo pastoril, el romance y la comedia.

El mundo de la imaginación, desde esta perspectiva, es parcialmente un mundo de vacación o sabático, donde descansamos de la creencia y el compromiso, el mayor misterio que se oculta más allá que cualquier cosa que se pueda formular y proponer para su aceptación. En nuestro mundo y en la historia, el cristianismo destruyó la creencia en los dioses clásicos, pero estos acudieron pronto al cielo imaginativo de la poesía, y Venus fue, quizá, más auténticamente reverenciada en la Europa del Renacimiento —como uno de los que Emily Dickinson denomina «nuestros dioses confiscados»— que jamás lo fuera en su templo de Chipre. Como advierte ese hombre tan sabio que es J.L. Borges, la literatura no sólo comienza por un mito, sino que también termina en uno. Hizo esta observación en relación con Don Quijote, quien partiendo del más estrecho de los confinamientos posibles, de un fanatismo neurótico, del compromiso con un mito de la incumbencia que carecía de sentido, termina acosando la imaginación del mundo entero. Uno de los hechos misteriosos y, sin embargo, fundamentales de la literatura es que es capaz de este tipo de crecimiento, que atraviesa tanto el espacio y el tiempo como todas las barreras de creencia y diversidad cultural; y ese crecimiento es la crítica.

Pero las artes atestiguan algo más que un descanso tras el trabajo, por importante que pueda ser en sí mismo. En la base de la existencia humana se encuentra el instinto de cohesión social, que en nuestros días intenta escapar hasta cierto punto de esa exclusividad que en el pasado siempre ha marcado la frontera de los mitos concretos de la incumbencia. Por sí misma ésta nunca podrá librarse enteramente de la algarabía de la ansiedad, del miedo a la herejía o de la histeria de la intolerancia y la violencia. La incumbencia es la base de toda comunidad, pero por sí misma no puede distinguir una comunidad de una turba. Por encima de ella se encuentra la vida individual, y sólo el individuo es capaz de felicidad. La base de la felicidad es la percepción en una sociedad de libertad o movimiento no estorbado, de un distanciamiento que no se retira; y la base de esa sensación de independencia es la consciencia. Los mundos articulados de la consciencia, lo inteligible y lo imaginativo son a la vez recompensa y garantía de la libertad. Pero al igual que la sociedad nunca se verá libre de histeria, la libertad individual en sí misma no estará nunca completamente libre de algún privilegio pagado parcialmente por alguien distinto. De la tensión entre incumbencia y libertad surgen vislumbres de un tercer orden de la experiencia, de un mundo que puede no existir, pero que completa a la existencia, del mundo de la experiencia definitiva que la poesía nos urge a tener, pero que nunca alcanzamos del todo. Si este mundo existiera, ningún individuo podría vivir en él —porque la sociedad a que pertenece es parte de él mismo—, incluyendo a todos los que tienen demasiado frío o están demasiado hambrientos o enfermos para acercarse a él alguna vez. Ninguna sociedad, ni siquiera la comunidad más pequeña y diferenciada, podría vivir en ese mundo, porque la inocencia necesaria para vivir continuamente en él exigiría una desnudez que no se alcanza simplemente con despojarse de las ropas. Si pudiéramos vivir en él, claro está, cesaría la crítica y desaparecería la distinción entre literatura y vida, porque la vida misma sería entonces encarnación continua del mundo creativo.

[Northrop Frye, *El camino crítico. Ensayo sobre el contexto social de la crítica literaria,* Taurus, Madrid, 1986.]

La referencia expresa con toda claridad los niveles en que se mueve la obra literaria: la facticidad histórica, el sentido de la necesidad que vemos en los hechos del pasado tanto en su aspecto cósmico como histórico, en su forma externa, aparente, espontánea; el nivel de azar, de la probabilidad donde la libertad y la originalidad son posibilidad de creación artística y literaria, y una dimensión de porvenir inexistente, flotación entre vida y literatura, desnudez de la luz, presencia inocente de proyectos que siempre hacen contingente y plural cualquier texto u obra de creación, le indican el sentido de su valor y de su permanente historicidad, incompletez. Estos son los aspectos que asume el autor en su compleja producción narrativa.

Su obra desea conquistar de nuevo el tiempo y el espacio míticos, gestando por primera vez la historia, la realidad en el lenguaje, promesa de novedad y porvenir, nostalgia del futuro, del paraíso y jardín, habitación poética del tiempo. Por ello, la narrativa se centra fundamentalmente en crear un mundo mítico, simbólico, donde todo puede nacer de nuevo en la palabra; tiempo, espacio, la fiesta y su renovación, el lenguaje, signo y símbolo. Resume este conjunto de ideas el siguiente texto de Liliana Befumo y Elisa Calabrese:

> Vivimos en una época de crisis muy honda ya que destruidas las imágenes totalizadoras del mundo y de la vida que se poseían, no se las reemplazó por otras que ocuparan ese vacío. El problema asume en Latinoamérica proporciones aún mayores, porque a ese proceso de desfondamiento mítico se le ha sumado, en nuestro tiempo, la necesidad de conseguir y afianzar nuestra identidad nacional e hispanoamericana. El rechazo natural y espontáneo por todo lo que nos precedió puede derivar en el riesgo de caer en un profundo abismo. Es necesario, por tanto, realizar una revisión exhaustiva de todo lo anterior para rescatar aquellos componentes que nos sirvan para crear una imagen del mundo que sea auténticamente nuestra. La imperiosa exigencia de autorreconocernos nos obliga en este momento —que es el del cuestionamiento de las motivaciones que nos mantuvieron ligados a una dependencia cultural agobiante— a que no dejemos nada oculto, pero a la vez que mantengamos una conciencia profundamente latinoamericana.
>
> Carlos Fuentes concreta la tarea que simboliza esa intención, implícita en todo habitante de esta parte del mundo. Regresa hasta el origen y a partir de allí, luego de un proceso arduo, consigue hallar el «hilo dorado» que a través del Laberinto lo conducirá a la Revolución, en su real significación y como única manera de

crear un hombre nuevo para una etapa también nueva. Será imprescindible un verdadero cambio en la naturaleza del hombre y no sólo modificaciones formales de estructura.

En la búsqueda afanosa de la auténtica identidad nacional y latinoamericana, simultáneamente ha de encontrarse el hombre consigo mismo, luego de haber soportado durante mucho tiempo superposiciones de contenidos estereotipados y ajenos, y máscaras deformantes que lo mantenían oculto. Es el hallazgo sincrónico de la Forma que exprese el contenido inherente a ella, ya que ha de entenderse la Revolución no como un mero cambio de sistema, sino como el paso a un estadio distinto del ser humano.

Cabría preguntarnos cómo se ha llegado hasta aquí. Con la transferencia e intercambio de funciones entre la religión y el arte, la Revolución se convirtió en el patrimonio de empresas y reivindicaciones socioculturales, que, una vez alcanzadas, no conseguían restituir al hombre a la Comunión primera y a la imagen totalizadora del mundo, lograda sólo a través de la encarnación de imágenes. El hombre es lanzado así a una continua conquista proyectada siempre hacia un futuro nunca alcanzado. Se engendra entonces la nostalgia profunda por un futuro que debe ser un permanente presente, enriquecido por un pasado todavía vivificante, en un encuentro que sólo habrá de cristalizar en el espacio sacralizado, en donde se celebre la Comunión y la Fiesta. Allí concurrirán todos los elementos para conformar la Unidad totalizadora primera y última, en la que tanto lo individual como lo social se afirmen.

Las tentativas a través del arte y de todas las expresiones socio-culturales por dar una imagen globalizadora de la realidad han terminado siempre en compromisos con valores como los señalados por el autor en las obras analizadas: el erotismo, las glorias político-militares, los hechizos del poder o la inalcanzable salvación eterna. Todo nos ha llevado a ponernos en contacto con una realidad que no es tal, sino la imagen distorsionada por la selección premeditada de sus enfoques parcializadores. Es por ello que Carlos Fuentes insiste en afirmar que el peligro no está en lo invisible sino en lo visible.

Casi sin darse cuenta el hombre se ha ido encerrando cada vez más en esa visión, hasta convertirse él mismo en la propia víctima de un juego despersonalizador e inhumano en el que ha quedado encerrado sin atisbar ninguna salida, en la perpetua lucha por conseguir un margen de libertad dentro de los monumentales laberintos en que vive confiscado y que no lo conducen a ningún lado más que a su propia y abismal soledad. Es entonces, cuando todavía enmarcado por la sociedad alienada, se cuestiona sobre las posibilidades de liberación de ese encadenamiento frustrante, que le producen junto al sentimiento de rebelión, el de profunda nostalgia por alcanzar el estado de entresueño, aquél en el que la razón permanece adormilada. Se debe regresar allí, de donde no deberíamos haber salido: a la situación original en la que las fuerzas interiores se equilibran, en creación original y simultáneamente distinta, a las Formas que las contenían.

Se genera entonces la decisiva necesidad de terminar con el mundo producto del mismo hombre, que ha concluido por mutilarlo. Nace el deseo y el sueño de un nuevo tiempo. Verdadera libertad que promete aceptarlo tal cual es, con todas sus potencialidades y sus limitaciones, en la simultaneidad de las dos revoluciones: la del mundo y la individual, y con el fin de las constantes dualidades y oposiciones que marcan el devenir humano. Pero «¿hasta cuándo serán libres los que nos liberan? Inmediatamente creado un dogma debe surgir su herejía» y es necesario, asegura Carlos Fuentes, engendrar una nueva heterodoxia, cuando los que han luchado se convierten en ortodoxos.

Artemio Cruz es por esa razón, en alguna manera, el símbolo de la frustración de México y de América que es fundamental trascender. Es el arquetipo que logra traducir la misma situación de fracaso revolucionario reiteradamente repetida en distintos procesos y con idéntica necesidad de consolidación de afirmación tanto individual como colectiva. Es la traición múltiple que se refiere no sólo al acontecer históricopolítico, sino fundamentalmente al significado cultural, incapaz de lograr todavía el lenguaje que lo nombre con total independencia y autenticidad.

Resulta sin duda singular la proposición del autor que gracias a la heterodoxia justifica las locuras momentáneas del hombre y convierte a sus obras en la misma heterodoxia que preconiza. Se admiten así: la locura, pues ella es la depositaria del conocimiento verdadero y excesivo; la muerte, cargada con todas las valencias de la vida para volver a ser el acto ritual del fin y comienzo de todo; y al hombre, quien es capaz de trascender la mera facticidad y volver a sentir nostalgia de Dios, aunque todavía no haya conseguido recobrar la fe perdida.

El establecimiento de un orden nuevo dependerá del equilibrio que se consiga entre las fuerzas visibles y las ocultas, ya que «la revolución permanente es la conquista diaria del margen excéntrico de la verdad, la creación y el desorden que podemos oponer al orden ortodoxo», según Carlos Fuentes manifiesta.

La lucha que se genera entre la vida, el amor y el arte se fundamenta en la necesidad de trascender, de penetrar en esa segunda realidad, de crear y crearse. Dos son fundamentalmente las vertientes que admiten el acceso a la Totalidad: una es la del amor; otra, la del arte. Por la primera, la posibilidad de recuperación de las exigencias y presiones ajenas es pasajera, momentánea. Es el acto de creación de la pareja que provoca el retorno al origen, luego de la anulación de las cargas individuales, en un rito permanente de individuación y de fundición en el Todo. Sin embargo, la necesidad de la total posesión en el urgente deseo por conocer la otra mitad, frustrará la definitiva proyección y posesión de lo que nos trasciende. La otra vertiente permite lograr la revolución por el arte. Sin embargo, cómo se conseguirá la unión entre la totalidad espiritual y las presiones externas del tiempo que exigen con sus límites y convencionalismos. Puede tomar el artista dos caminos: dejar irrevelada toda su creación, por la imposibilidad de la palabra de expresar el absoluto de su interioridad y por la prostitución que pueda resultar de no ser entendida o incluida en los intereses temporales; o bien, ante la dificultad de formalizar la totalidad, puede conformarse con expresar sólo una minucia de su rico y vasto mundo interior.

En su planteamiento estético Carlos Fuentes propone movilizar el tiempo por medio de la poesía, para conseguir así la superposición de varias opciones y realidades en las que se pueda transitar con absoluta libertad. Ante la evidente necesidad de parcializar y totalizar sincrónicamente la realidad, deberá crearse otra realidad intemporal, mítica. Es allí, en esa zona sagrada, en donde encontramos la unidad buscada. Todo se integra, sin perder significado. Los planos se superponen, las realidades se desplazan y de los distintos espacios habrá de nacer el nuevo lugar sacralizado, en donde se realizarán los ritos que nos unirán en una nueva concepción de la vida y de la realidad cotidiana superpuesta a aquélla. Recuperación de la Palabra, transfiguración del hombre que deberá recorrer un largo camino iniciático, que le permitirá llegar al descubrimiento de la esencia del espíritu, y a través de ella a la transformación de su situación en el mundo.

Es importante señalar que Carlos Fuentes se preocupa no sólo de mostrar el resultado de la búsqueda del hombre, sino deja al descubierto todo el proceso de gestación y desarrollo que lo hace posible. Ese deseo por reconquistar el Tiempo-espacio míticos, y de crear el símbolo que lo nombre de manera nueva, configura su mayor mérito. Es la búsqueda de nuevas posibilidades expresivas que acercan la novela a la poesía en la necesidad de mostrar una imagen de la realidad que nos dice cómo es, pero también cómo podría ser.

Las obras adquieren como totalidad el valor del símbolo y alcanzan la dimensión que Octavio Paz asignara a la poesía cuando afirma que *«es metamorfosis, cambio, operación, alquímica, y por eso colinda con la magia, la religión y otras tentativas para transformar al hombre y hacer de "éste y aquél" ese otro que es él mismo».*

[L. Befumo Boschi y E. Calabrese, *Nostalgia del futuro en la obra de Carlos Fuentes,* Fernando García Cambeiro, Buenos Aires, 1974, pp. 187-190.]

La cita resume un amplio análisis: Artemio Cruz se convierte en el símbolo de la frustración de México y

América que «es fundamental trascender» en una primera realización de libertad, de aceptación concreta de todo ser humano, de sus formas culturales, piedras, monumentos y creaciones simbólicas.

Finalizamos esta introducción con dos textos de C. Fuentes.

El primero es un comentario de la obra de Rulfo, «El tiempo del mito y la distancia de la muerte».

> A la mitad exacta del *Pedro Páramo* de Juan Rulfo se escucha el mugido de una vaca. Fulgor Sedano, el brazo armado del cacique, da órdenes a los vaqueros. [...]
>
> Apenas sale el último hombre a los campos lluviosos, entra a todo galope Miguel Páramo, el hijo consentido del cacique, se apea del caballo casi en las narices de Fulgor y deja que el caballo busque solo su pesebre.
>
> *—¿De dónde vienes a estas horas, muchacho?,* le pregunta Sedano.
>
> *—Vengo de ordeñar,* contesta Miguel y en seguida, en la cocina mientras le prepara sus huevos, le contesta a Damiana que llega *de por ahí, de visitar madres.* Y pide que se le dé de comer igual que a él a una mujer que está allí afuerita, con un molote en su rebozo que arrulla diciendo que es su crío.
>
> *—Parece ser que le sucedió alguna desgracia allá en sus tiempos, pero, como nunca habla, nadie sabe lo que le pasó. Vive de limosna.*
>
> Mugir, ordeñar, parir, arrullar; en silencio, de limosna, porque sufrimos una desgracia *allá en otros tiempos.* [...]
>
> ¿Cuál es el papel de Susana San Juan? Es mucho más vasto y más único, más singular. Su primera función, si retornamos de la frase retomada de Eduviges Dyada a la razón de esta técnica, y si la acoplamos al tremendo aguafuerte político y sicológico del cacique rural que Rulfo acaba por ofrecernos, es la de ser soñada por un niño y la de abrir, en ese niño que va a ser el tirano Páramo, una ventana anímica que acabará por destruirlo. Si al final de la novela Pedro Páramo se desmorona como si fuera un montón de pie-

dras, es porque la fisura de su alma fue abierta por el sueño infantil de Susana: a través del sueño, Pedro fue arrancado a su historia política, maquiavélica, patrimonial, desde antes de vivirla, desde antes de serla. Sin saberlo, ingresó desde niño al mito, a la simultaneidad de tiempos que rige el mundo de su novela. Ese tiempo simultáneo será su derrota porque, para ser el cacique total, Pedro Páramo no podía admitir heridas en su tiempo lineal, sucesivo, lógico.

II

Pero en el centro mismo de la novela hay un mugido: el silencio es roto por las voces que no entendemos, las voces mudas del ganado mugiente, de la vaca ordeñada, de la mujer parturienta, del niño que nace, del molote inánime que arrulla en su rebozo una mendiga. Este silencio es el de la etimología misma de la palabra mito: *mu,* nos dice Erich Kahler, imitación del sonido elemental, res, trueno, mugido, musitar, murmurar, murmullo, mutismo. De la misma raíz procede el verbo griego *muein,* cerrar, cerrar los ojos, de donde derivan misterio y mística, los ritos y las enseñanzas secretas.

Novela misteriosa, mística, musitante, murmurante, mugiente y muda, *Pedro Páramo* concentra así todas las sonoridades muertas del mito. *Mito* y *Muerte,* ésas son las dos *emes* que coronan todas las demás antes de que las corone el nombre mismo de México: novela mexicana esencial, insuperada e insuperable, *Pedro Páramo* se resume en el espectro de nuestro país: un murmullo de polvo desde el otro lado del río de la muerte.

La novela, como es sabido, se llamó originalmente *Los murmullos* y Juan Preciado, al violar radicalmente las normas de su propia presentación narrativa para ingresar al mundo de los muertos de Comala, dice:

—Me mataron los murmullos.

Lo mató el silencio. Lo mató el misterio. Lo mató la muerte. Lo mató el mito de la muerte. Juan Preciado ingresa a Comala y al hacerlo ingresa al mito encarnando el proceso lingüístico descrito por Kahler y que consiste en dar a una palabra el significado opuesto: como el *mutus* latín, *mudo,* se transforma en el *mot* francés, *palabra,* la onomatopeya *mu,* el sonido inarticulado, el mugido, se convierte en *mythos,* la definición misma de la palabra.

Pedro Páramo es un novela extraordinaria, entre otras cosas, porque se genera a sí misma, como novela mítica, de la misma manera que el mito se genera verbalmente: del mutismo de la nada a la identificación con la palabra, de *mu* a *mythos* y dentro del proceso colectivo que es indispensable a la gestación mítica, que nunca es un desarrollo individual. El acto, explica Hegel, es la épica. Pedro Páramo, el personaje, es un carácter de epopeya. Su novela, la que lleva su nombre, es un mito que despoja al personaje de su carácter épico.

Cuando Juan Preciado es vencido por los murmullos, la narración deja de hablar en primera persona y asume una tercera persona colectiva: de allí en adelante, es el *nosotros* el que habla, el que reclama el *mythos* de la obra.

En la antigüedad el mito nutre a la épica y a la tragedia. Es decir: las precede en el tiempo. Pero también en el lenguaje, puesto que el mito ilustra históricamente el paso del silencio *—mudo—* a la palabra *—mythos.*

La precedencia en el tiempo —pero también la naturaleza colectiva— del mito es explicada por Carl Gustaf Jung cuando nos dice, en *Los arquetipos del inconsciente colectivo,* que los mitos son revelaciones originales de la sique preconsciente —declaraciones involuntarias acerca de eventos síquicos inconscientes. Los mitos, añade Jung, poseen un significado vital. No sólo la representan: *son* la vida síquica de la tribu, la cual inmediatamente cae hecha pedazos o decae cuando pierde su herencia mitológica, como un hombre que ha perdido su alma.

Recuerdo dos narraciones modernas que de manera ejemplar asumen esta actitud colectiva en virtud de la cual el mito no es inventado, sino vivido por todos: el cuento de William Faulkner, *Una rosa para Emilia,* y la novela de Juan Rulfo, *Pedro Páramo.* En estos dos relatos, el mito es la encarnación colectiva del tiempo, herencia de todos que debe ser mantenida, patéticamente, *por todos,* pues cabe distinguir dos niveles del universo mítico:

El primero es el del mito *cosmogónico,* celebración del origen, del nacimiento: Dios crea al mundo y éste es el primer mito.

El segundo es el mito *poscosmogónico,* en el que la unidad primigenia se pierde al intervenir la historia. Esta pugna histórica puede manifestarse épicamente, como celebración del orden del poder humano, o trágicamente, como lamento de la pérdida de la unidad previa al poder. En todo caso, el mito poscosmogónico requiere una *representación*: los dioses no repiten el acto de la creación; esta ausencia debe ser reparada por el acto humano representativo. Y este acto a menudo rebasa los límites del mito, su fijeza mortal en el origen, para reclamar la autoridad humana, rebelde y culpable cuando Prometeo desafía a Zeus, al nivel mítico, pero aceptable y heroica cuando Agamenón, al nivel épico, emplea el fuego de Prometeo contra los muros de Troya, pero trágica y dolorosa cuando Agamenón regresa a Argos y conoce en su hogar la falibilidad detrás de la coraza heroica, la fisura de la casa de Atreo. Las tumbas guardadas por Clitemnestra y Electra se llenan con la sangre de las trincheras de Troya y el silencio de la muerte vuelve a reinar, el mutismo original del mito, ansioso otra vez, como dice Hegel, de volver a ser *mythos,* palabra, vida.

En este alto nivel artístico se instala la novela *Pedro Páramo.* Mircea Eliade advierte que el sustrato mítico de la narrativa y de la historia es la evidencia de que el hombre no puede escapar al tiempo porque nunca hubo y nunca habrá un tiempo sin tiempo. Por ello, la función de la cultura mítica es hacer saber que el tiempo puede ser dominado, *debe* ser dominado si el tiempo primigenio, original, sin rupturas, ha de ser re-conquistado.

Re-conquistado, ¿por qué? Porque la memoria nos dice que entonces el hombre fue feliz. El arte cumple un vasto recorrido en busca de la tierra feliz del origen, de la isla de Nausica de Homero a *La edad de oro* de Luis Buñuel, pasando por el Paraíso cristiano de Dante y la Edad de Oro de Don Quijote. *Pedro Páramo* también contiene su *antes* feliz: la Comala descrita por la voz ausente de Doloritas, el murmullo de la madre:

Un pueblo que huele a miel derramada...

Pero este pueblo frondoso que guarda nuestros recuerdos como una alcancía sólo puede ser recobrado en el recuerdo; es el «Edén subvertido» de López Velarde, creación histórica de la memoria pero también mito creado por el recuerdo. Hago la distinción griega entre *mnemé,* la memoria que es una técnica y es creada y la *anamnesis,* el recuerdo que es mítico y crea. Hay, pues, dos maneras de reconocer el pasado de Comala y Pedro Páramo.

Uno es el histórico y todas las explicaciones clásicas acerca de por qué se escribe la historia nos devuelven la idea de una estructura, de una cosa creada. Se trata para Herodoto de conservar la memoria de los actos de griegos y bárbaros, para Tucídides de ilustrar la lucha por el poder a fin de evitar que los errores se repitan, para Polibio de demostrar que toda la historia del mundo converge en Roma y para Livio de ofrecer modelos prácticos. Lección, legitimación, explicación, estructura, técnica.

En cambio, el mito tiene un carácter estructurante: estructurante de la épica y de la tragedia; y por ello, de la historia colectiva y de la individualidad. Estructurante, aún, de sí mismo y de otros mitos. El mito, indica Jung en sus *Símbolos de transformación,* es lo que es creído siempre, en todas partes y por todos. Por lo tanto, el hombre que cree que puede vivir sin el mito, o fuera de él, es una excepción. Es como un ser sin raíces, que carece del vínculo con el pasado, con la vida ancestral que sigue viviendo dentro de él, e incluso con la sociedad humana contemporánea. Como Pedro Páramo en sus últimos años, viejo e inmóvil en un equipal junto a la puerta grande de la Media Luna, esperando a Susana San Juan como Heathcliff esperó a Catherine Earnshaw en *Cumbres borrascosas,* pero separado radicalmente de ellas porque Susana pertenece al mundo mítico de la locura, la infancia, el erotismo y la muerte y Pedro pertenece al mundo histórico del poder, la conquista física de las cosas, la estrategia maquiavélica para subyugar a las personas y asemejarlas a las cosas.

Este hombre fuera del mito, añade Jung, no vive en una casa como los demás hombres, sino que vive una vida propia, hundido en una manía subjetiva de su propia hechura, que él considera como una verdad recién descubierta. La verdad recién descubierta de Pedro Páramo es la muerte, su deseo de reunirse con Susana, *«No tarda ya. No tarda. Ésta es mi muerte. Voy para allá. Ya voy»*. Muere una vez que ha dejado a Comala morirse, porque Comala convirtió en una feria la muerte de Susana San Juan:

> *—Me cruzaré de brazos y Comala se morirá de hambre.*
> *Y así lo hizo.*

Pedro Páramo, al condenar a muerte a Comala y sentarse en un equipal a esperar la suya, aparece como ese hombre sin mito del cual habla Jung: por más que la haya sufrido y por más que la haya dado, es un recién venido al reino de la muerte, que es parte de la realidad de la sique. Y la sique —prosigue Jung— no es algo de hoy: su genealogía se remonta a muchos millones de años. La conciencia individual es sólo la flor y el fruto de una temporada surgida del sustrato perenne debajo de la tierra.

Concluye Jung: La conciencia individual se encontraría en mejor armonía con la verdad si tomase en cuenta la existencia de este sustrato. *Pues la materia radical es la madre de todas las cosas.*

Desde la perspectiva jungiana, es probable que Pedro Páramo, el hombre que no vive, come o bebe como los demás hombres, el hombre sin mito, sólo pueda reconocerse y reconocer a Comala como una ausencia por venir: la muerte está en el futuro, es un fin, nunca un comienzo. Se condena a muerte.

Pero para todos los demás, para ese coro de viejas nanas y señoritas abandonadas, brujas y limosneras, y sus pupilos fantasmales, los hijos de Pedro Páramo, Miguel y Abundio y Juan Preciado al cabo, la muerte está en el origen, se empieza con la muerte, lo primero que debemos recordar es la muerte:

Allá me oirás mejor —dice la voz de Doloritas, la madre de Juan, mientras guía a su hijo entre los murmullos de Comala—. *Estaré más cerca de ti. Encontrarás más cercana la voz de mis recuerdos que la de mi muerte, si es que alguna vez la muerte ha tenido alguna voz.*

En contra de Pedro Páramo, Comala sabe que estamos condenados a muerte. *Pedro Páramo* es en cierto modo una Telemaquia, la saga de la búsqueda y reunión con el padre. Pero como el padre está muerto —lo asesinó uno de sus hijos, Abundio el arriero— buscar al padre y reunirse con él es buscar a la muerte y reunirse con ella. Esta novela es la historia de la entrada de Juan Preciado al reino de la muerte, no porque encontró la suya, sino porque la muerte lo encontró a él, lo hizo parte de su educación, le enseñó a hablar e identificó muerte y voces o, más bien, la muerte como un ansia de palabra, la palabra como eso que Xavier Vallaurrutia llamó, certeramente, la nostalgia de la muerte.

Juan Preciado dice que los murmullos lo mataron: es decir, las palabras del silencio. *Mi cabeza venía llena de ruidos y de voces. De voces, sí. Y aquí, donde el aire era escaso, se oían mejor. Se quedaban dentro de uno, pesadas.*

Es la muerte la realidad que con mayor gravedad y temblor y ternura exige el lenguaje como prueba de su existencia. Quienes permanecen junto a las tumbas mientras los guerreros y los políticos actúan las hazañas de la epopeya lo saben: ¿no es Clitemnestra la única voz de su hija sacrificada, Ifigenia, en espera del regreso de Agamenón, el padre, que la sacrificó? Junto a las tumbas: cerca del mito. Rulfo va más lejos: va dentro de las tumbas, lado a lado, diálogo de los muertos:

—*Siento como si alguien caminara sobre nosotros.*
—*Ya déjate de miedos. Haz por pensar en cosas agradables porque vamos a estar mucho tiempo enterrados.*

En *Pedro Páramo* el mito tiene la precedencia en el tiempo porque tiene la precedencia en la muerte.

Por idéntica razón, tiene la precedencia en el lenguaje. El mito es el nombre de cuanto *existe, o subsiste,* escribe Paul Valéry, *pero sólo en la medida en la que el habla es su causa.* Suprema paradoja: nacido del mugido, del mutismo, el mito se convierte en identidad de la palabra. ¿Por qué? Porque es la primera identidad que adquiere la palabra y también la primera palabra que adquiere la identidad. Hay lenguaje antes de la épica y la tragedia; lo hay, sobra decirlo, antes de la novela, que es una lucha constante por revitalizar el lenguaje corriente, la moneda verbal de la calle: «La marquesa salió a las cinco de la tarde».

El mito es la identidad *del* lenguaje porque es la primera identidad *con* el lenguaje. Imaginemos el terror de dar voz por vez primera a los dioses: tal fue el pánico del mitólogo y seguramente pasaron siglos antes de que alguien se atreviese a rebasar el silencio para dar a conocer las divinas palabras. Hegel recuerda en la *Estética* que el oráculo griego de Dodona, intermediario de la voz de los dioses, no osaba manifestarse sino a través del suspiro agitado del castaño sagrado, el murmullo del arroyo o los tonos que el viento lograba arrancar a la vasija de bronce. El propio Apolo, dios de la sabiduría, sólo revelaba su voluntad a través de la voz indefinida de la Naturaleza, el sonido natural o los tonos inconexos de las palabras.

Hay aquí un esfuerzo gigantesco y prolongado para llegar a identificar mito y palabra y, en su encuentro, mantener el recuerdo, la sique original de la tribu. El mito es la protohistoria, dice Gianbattista Vico, pero una vez inmersos en la historia, sólo a través del mito podemos reconocer de nuevo nuestra filiación, nuestra casa común. [...]

¿Hacia qué cosa nos conducen todas ellas junto con Juan Preciado? Hacia el portador del mito, el padre de la tribu, el ancestro maldito, Pedro Páramo, el fundador del Nuevo Mundo, el violador de las madres, el padre de toditos los hijos de la chingada.

Todas las parejas posibles e imposibles de la literatura que Julieta Campos enumera en su más reciente novela, de Orfeo y Eurídice a Hans Castorp y Clavdia Chauchat, buscan salvarse juntos de la muerte y reconquistar el pasado idílico, el paraíso personal perdido. Pero aquí, ¿cómo reconstruir nada, a través de esta madre humillada y este padre cruel?, ¿cómo desalojar a la muerte con el odio, la venganza, el resentimiento y la humillación?

El desplazamiento de la promesa de vida y regeneración del mundo yermo de Pedro Páramo y Doloritas, los padres de Juan Preciado, al mundo erótico de Susana San Juan resulta imposible porque Susana pertenece al mito y Pedro Páramo a la épica. Susana San Juan, protagonista de varios mitos entrecruzados —el incesto con su padre Bartolomé, la pareja idílica con su amante Florencio— es portadora de uno que los resume todos: el del eterno presente de la muerte. Enterrada en vida, habitante de un mundo que rechina, prisionera de una «sepultura de sábanas», Susana no hace ningún distingo entre lo que Pedro Páramo llamaría vida y lo que llamaría muerte: si ella tiene «la boca llena de tierra» es, al mismo tiempo, porque «tengo la boca llena de ti, de tu boca. Florencio».

Susana San Juan ama a un muerto: una muerta ama a un muerto. Y es esta la puerta por donde Susana escapa al dominio de Pedro Páramo. Pues si el cacique tiene dominios, ella tiene demonios. Loco amor, lo llamaría Breton; loco amor de Pedro Páramo hacia Susana San Juan y loco amor de Susana San Juan hacia ese nombre de la muerte que es Florencio. Pero no loco amor de Susana y Pedro. [...]

Infancia y muerte: ¿serían estos los dos temas verdaderos de *Pedro Páramo*?, ¿se resuelven en esta cercanía las oposiciones entre mito y epopeya, el pasado idílico que recuerda Doloritas y la antigua desgracia que recuerda la Cuarraca, el mugido inarticulado de las vacas y las pesadas palabras que matan a Juan Preciado?

Rulfo, como Job en el sueño de la tumba, describe una novela poemática donde no cabe hacer la distinción entre *hypnos* y *tanatos,* entre el sueño y la muerte. La educación de Juan Preciado, no una educación sentimental ni un *Bildungsroman,* sino un *Totensroman,* una novela para la muerte y un *Angsttraum,* un sueño para el miedo, ha consistido en viajar hacia el origen para llegar al padre y descubrir que el padre es historia y la historia es injusta y que el padre, el jefe, el conquistador, debe morir para ingresar al eterno presente, que es la muerte.

En la muerte, retrospectivamente, sucede la totalidad de *Pedro Páramo.* De allí la estructura paralela y contigua de las historias: cada una de ellas es como una tumba; más bien: *es* una tumba, crujiente, mojada y vecina de todas las demás. Aquí, completada su educación en la tierra, su educación para la muerte y el terror, acaso Juan Preciado alargue la mano y encuentre, él sí, ahora sí, su propia pasión, su propio amor, su propio reconocimiento: acaso Juan Preciado, en el cementerio de Comala, acostado junto a ella, con ella, conozca y ame a Susana San Juan y sea amado por ella, como su padre quiso y no pudo. Y quizá por esto Juan Preciado se convierte en fantasma: para conocer y amar a Susana San Juan en la tumba.

El destino entonces se habrá cumplido, fuera de las páginas del libro en cuyo centro el ganado muge, una limosnera arrulla un molote como si fuese un crío porque le sucedió una desgracia allá en sus tiempos y el silencio busca desesperadamente a la palabra.

[C. Fuentes, «Rulfo, el tiempo del mito y la distancia de la muerte», *Noesis,* 1986, n.º 3, pp. 5, 8-15.]

Un análisis e interpretación bellísima, donde mito y palabra se identifican; quien es portador de mito lleva en sí la fundación de la realidad. «El mito es la identidad del lenguaje porque es la primera identidad con el lenguaje.»

El segundo texto es su propio resumen de la obra de teatro *El tuerto es rey.* Un texto sencillo pero ejemplar de su creación literaria.

La anécdota de *El tuerto es rey* —si de anécdota puede hablarse— es bien sencilla: una señora —Donata— y su criado —el Duque— habitan una casa abandonada; ambos están ciegos; pero cada uno cree que sólo él está ciego y que el otro ve; cada uno cree que el otro es su guardián, su lazarillo. En la medida en que esta pieza obedece a las leyes del suspense, se trata del paulatino descubrimiento por cada uno de que el otro está tan ciego como él mismo. [...] Pero, además, ambos esperan, desde hace seis días, el regreso del señor, el marido de la señora: la acción transcurre en la vigilia del séptimo día.

¿Quién es este señor que todo lo ve y todo lo sabe, este gran ausente que tan severamente fija las reglas de conducta de su casa y luego abandona a quienes la habitan a todas las tentaciones de la libertad? Tentación: violar las leyes; violar las leyes: ser libre; ser libre: convertirse en otro, librarse tanto de la indiferente ausencia como de la promiscua sospecha del señor. Otro ser para la señora: joven, hermana de su criado, amante de su hermano, criada de su amante, mujer del viejo mundo que desembarca en el trópico veracruzano una noche mítica e inolvidable, mujer del nuevo mundo que se construye un claustro protector con los terciopelos raídos del viejo mundo. Otro ser para el criado: hermano de su ama, señor de su señora, amante de su ama y hermana, suplente del señor, desconocido donde está presente, deseado donde está ausente. Ser otro con otro: ser cómplice.

Ser cómplice: sustituir la solidaridad natural —existencia, fraternidad, amor— por la solidaridad voluntaria: robo y perversión, batalla y crimen. Cómplices solidarios, ladrones, pervertidos, luchadores, criminales, contra el señor.

Octavio Paz ha escrito las siguientes líneas sobre los personajes de *El tuerto es rey*: «La relación entre los tres personajes se despliega en varios niveles: sicológico, social, literario, teológico, etc. En cada nivel opera un circuito negador: negación de la sicología, la historia, la literatura, la teología... Además, en cada nivel los tres personajes (o mejor dicho: el personaje trinitario) sufren distintas metamorfosis: Donata-mujer-de-mundo, Donata-Bovary, Donata-Electra, Donata-Eva, etc. A estas metamorfosis corresponden otras tantas de Duque-criado, Duque-santo, Duque-tirano, Duque-hermano, etc. El único que no cambia es el Señor, o sea dios padre o autor del texto. Donata y el criado son proyecciones, hijos del Señor, por lo que todo podría verse, en el nivel teológico, como una nueva versión de la Caída. Pero el Señor también es culpable del pecado de sus criaturas y de ahí que lo condenen los guerrilleros barbudos. Una condenación que no es moral sino ontológica. Lo condenan por estar en su casa y al mismo tiempo por no estar en ella: todo en el Señor es falta... Hace mucho —termina diciendo Paz— pensé que escribir un mal libro costaba tanto trabajo y pena como escribir un buen libro —o acaso más. Eso es tan absurdo e injusto como el acto creador de Dios: escribió mal al hombre y al universo».

El señor abandona su casa, se va a jugar ruleta al casino de Deauville, y deja a su mujer en manos de su criado. En un momento de la pieza, el Duque le dice a Donata: «Si cada uno escogiera a una persona y se hiciera cargo, completamente, realmente, de ella... ésa sería la salud. Ésa sería nuestra profesión... ocuparnos íntegramente de otra persona... no tendríamos tiempo para nada más... dejaríamos de trabajar, de pensar, de sospechar, de matar, de rezar... Ya no tendríamos miedo ni de nuestros padres ni de nosotros mismos ni de los demás».

La culpa máxima del señor es que no ha sido solidario con sus criaturas; o quizás su solidaridad es de signo irónico: les ofreció el espejismo de la libertad sólo para que la desearan y, al desearla, la sintieran como una necesidad y como una pérdida. Son libres, pero no pueden salir de la casa. Son libres, pero no pueden amar, ni beber, ni pensar. Esa necesidad y esa pérdida obligan a las criaturas a diferenciarse del creador buscando lo que en él no existe: la solidaridad, el consuelo y la carga comunes. Pero la solidaridad es negada al nivel del trabajo (relación amo-esclavo de Donata y el Duque), negada al nivel de la política (pues los personajes viven en una polis final, desamparada, sin más colectividad que la pareja, y aún ésta se desintegra cuando el Duque, al final, huye y queda la mujer solitaria e incapaz de llamarse ya persona, si persona significa voz dirigida a otros, per-sonare); negada al nivel del amor, que aparece como los frutos de Tántalo; querer es querer tener y la posesión, nuevamente, desvanece la insostenible identidad del amor y la solidaridad; y aún, para volver al punto de partida y a la exacta observación de Paz, negada al nivel de la creación, pues la criatura resiste su forma inferior (si Dios creó, ¿por qué creó tan mal: por qué es señora la señora y criado el criado y ciegos ambos?), su dependencia jerárquica respecto al creador («La jerarquía —dice el criado—: la solidaridad traicionada»): la criatura quisiera asesinar al creador que le negó la solidaridad que ella misma no pudo alcanzar; quisiera matarlo, si no para usurpar su indeseable puesto, al menos para librarse de su mirada; pero al hacerlo, iguala su propia concepción con la muerte; entonces no le queda más que una solución: mima a su enemigo, el creador; convierte la vida en teatro, en representación reversible de la creación; pero no hay creación sin caída; la caída espera al actor a la vuelta de cada palabra que pronuncia. El riesgo de representar es sólo la apuesta más audaz del riesgo de vivir.

Toda representación es definida por su estructura; y decir estructura es decir sistema o relaciones de dependencia. Procuré que en *El tuerto es rey* coincidiesen el significante, la estructura, y el significado, la cifra temática: ambos son identificables como una relación de dependencia. Pero esto, a su vez, crea un problema de espacio, o mejor dicho, de espacios simultáneos en los que coinciden lo representado y la representación. [...] viajeros inmóviles, la señora y su criado son personajes latinoamericanos que transitan constantemente de la nostalgia a la esperanza, del recuerdo a la premonición, de una América Hispana de lodo a una Europa de polvo, de ese espacio horizontal de los objetos y su posesión a otro espacio vertical de naturaleza desposeída, de las selvas de Tabasco a las aceras de París, y de las ocupaciones finales (esperar la muerte) a las ocupaciones originales (inventar la vida). Es decir: somos dueños de todo el espacio abierto y anónimo de América en el que, como en las novelas de Carpentier, todo está por nombrarse y todas las edades coexisten; pero queremos posesionarnos del espacio que no nos pertenece, de la diminuta sala de nuestros abuelos europeos, del raquítico jardín potager donde, ciertas primaveras, florece un peral seco, donde todo ha sido nombrado y la única edad, como en los cuentos de Borges, es la de la muerte deshilvanada en la ilusión de una biblioteca o de un laberinto.

El eterno tejido de Donata, la señora, es el punto de reunión de ambos espacios y de todos los instantes: la tejedora cuenta cuentos en voz alta: como Penélope, para salvarse de la desesperación; como Cherezada, para salvarse de la muerte.

[C. Fuentes, *El tuerto es rey,* Joaquín Mortiz, México, 1985, 2.ª reimpr. de la 3.ª ed., pp. 7-13.]

Todo es caos, ficción, génesis y creación, metamorfosis, proyección, figura que deshace el universo-encierro del ser, representación. Todo está por nombrarse, dilación del tiempo, narración de cuentos e historias, palabra exquisita de luz, laberinto de mil dédalos y estructuras míticas, yedra de sueños, signos y esperas, vida permanecida frente a la muerte. «Podemos jugar a los sueños.»

DONATA, *interrumpe*

Exactamente. Cada vez que sueño, invento algo nuevo, algo que sólo a mí se me ocurre soñar *(Deja de mecerse.)* En cambio, tu sueño es una cárcel que gira sobre sí misma.

DUQUE, *lejano*

Es siempre el mismo.

DONATA

¿Sabes lo que es el infierno? Una eterna repetición sin esperanza. No tiene sentido.

DUQUE

La señora se equivoca. El sentido es que el sueño de la señora se convierta en mi sueño y mi sueño en el de la señora. [...]

Conocer el sentido de lo que sueño si mi sueño pasa a formar parte del sueño de usted. Vale la pena, ¿no le parece?

DONATA

Quieres encerrarme en tu sueño. Yo soñaré siempre lo mismo y tú podrás soñar cosas distintas cada noche. Me niego. [...]

Eso que dices soñar todas las noches.

DUQUE

Es la historia de un escultor. [...]

Es la historia de un escultor. Hace estatuas maravillosas. Pero no las vende. Las ama demasiado. Llena su taller de estatuas. No gana un centavo. Los acreedores se presentan y lo amenazan: debe vender algunas estatuas para pagarles. El escultor se niega. Las estatuas son su creación. Él les ha dado su vida. Entonces los acreedores dicen: el escultor debe creerse una estatua, puesto que para él no hay diferencia entre las estatuas y los hombres. Urden un proyecto sencillo y macabro. Obligan al escultor a verse en un espejo: le demuestran que es de carne y hueso. El escultor se mira en el espejo... destruye las estatuas con los mismos cinceles que le sirvieron para esculpirlas... y abandona para siempre su casa. No se vuelve a saber de él. [...]

¿Saben ustedes que estatua quiere decir alegría, que planeta significa vagabundo y que universo es sinónimo de adorno? ¿A que no, eh?

[C. Fuentes, *op. cit.,* pp. 23-25, 19 y 20.]

Son palabras que crean y empujan hacia la libertad, que fundan una revelación, una presencia, un destino. Toda creación espera revelación, anticipo de la historia, de la vida, figuración de libertad, de novedad y gracia. Carlos Fuentes con su obra nos invita a viajar por dentro del tiempo, por sus edades, pero sobre todo por la imaginación y los sueños de cada hombre, de cada pueblo, vocación y llamada de autogestión.

La libertad genuina es una acción de la voluntad informada por una visión, un acto de la inteligencia y la imaginación, un proyecto, una ocurrencia por la que nacen las ciencias y las artes. El acto de libertad, el arte, no tiene antecedentes, es un *novum* sin más, una primera vez. Todo en la realidad está cargado de noticias, es campo potencial, pero alguien lo ha de inventar para que exista de verdad, alguien ha de percibir la visión de sus abismos e infiernos, de sus entrañas, alguien ha de crear una figura, un mito, un texto abierto y un lector. Todo poeta espera la palabra de otro que colme su ser, que le salve del cierre y le ofrezca porvenir. Pero nadie ni nada es incumbente para dar la libertad, el reposo, la completez, el placer; esto surge como recreación de proyectos, ser mutuamente ocurrentes, imaginativos, ficcionados. La literatura y el arte son Gracia y Don. Aparecen como acto de creación originario, deshacen todo encierro y crean nuevo mundo, historia y palabras en su lenguaje; nos hacen recuperar la inocencia y la desnudez de quien aprende la primera palabra, de quien dice y escribe el primer poema. Novela y poesía, investigación de espacios y tiempos míticos, relatos fabulosos, creación de ámbitos nuevos, efectivos proyectos de la estructura última de la realidad concreta, relativa, histórica. El tiempo revela la noticia de cada edad, cada novela es un momento.

La literatura —la obra de Carlos Fuentes— deshace todo encierro y abre continuamente a un horizonte donde siempre es posible otro nacimiento, otro origen y otra historia. La palabra siempre es acontecimiento, luz, fuego, metamorfosis encendida en la llama de una presencia.

DÓNOAN

Carlos Fuentes con su familia

Carlos Fuentes acompañado de su madre y de su hermana. Mar del Plata, Argentina, 1945

Carlos Fuentes con su padre. París, 1961

Carlos Fuentes: biografía personal e intelectual

F. Javier Ordiz Vázquez

Carlos Manuel Fuentes Macías nace el día 11 de noviembre de 1928 en la ciudad de Panamá, donde su padre trabaja como funcionario de la embajada mexicana. Su infancia se halla marcada totalmente por el carácter *trashumante* de la familia, que en pocos años recorre buena parte del continente recalando en diferentes delegaciones diplomáticas. Para el joven, México se convierte desde muy pronto en una realidad alejada, intrigante, que conoce por medio de las numerosas lecturas que su padre, nacionalista convencido, le recomienda o incluso le impone.

De 1934 a 1940 los Fuentes residen en Washington. El futuro escritor recibe su educación en inglés y emplea este idioma como forma de expresión habitual. Sus padres, preocupados por el posible empobrecimiento de su lengua materna, lo envían todos los años al Colegio de Verano de México, donde Carlos mantiene sus primeros contactos directos con su país de origen, aún muy superficiales y episódicos. La existencia apacible del adolescente en la capital norteamericana se ve súbitamente alterada en 1938 con un acontecimiento de gran importancia: la nacionalización del petróleo que lleva a cabo el presidente Cárdenas, en contra de los intereses económicos de las grandes compañías multinacionales. La gran campaña antimexicana orquestada en EEUU contra esta *expropiación,* en la que se exigían medidas urgentes de represalia e incluso se llegaba a proponer la intervención armada, afecta de forma directa a Fuentes, que se convierte en el blanco de las burlas e insultos de los que hasta entonces habían sido sus amigos y compañeros de juego. El escritor recuerda así estos días y el impacto que en él produjo esta situación:

> Hasta ese momento yo había sido un niño, un niño muy querido en la escuela, que participaba en los juegos y en las representaciones teatrales, que era buen alumno, y que tenía amigos... pues bien, de la noche a la mañana empezaron a aparecer esos titulares gigantescos en la prensa: «El rojo Cárdenas nos roba nuestro petróleo», «los mexicanos nos han confiscado», etc., y me convertí en un apestado. Me di cuenta de que pertenecía a una nación, a su cultura y a su historia.[1]

Su educación norteamericana dejará una profunda huella en su personalidad y se manifestará, entre otras cosas, en un *complejo de culpa* calvinista que le obliga a mantener una fuerte disciplina en su trabajo:

> Tengo un defecto puritano y calvinista, porque soy un mexicano criado en Estados Unidos, en regiones muy protestantes donde el sentido del deber es el del pecado. Si no trabaja uno todos los días, se va al infierno. Yo no puedo estar tranquilo en una hamaca bajo un cocotero. Tengo que cumplir con mi deber, tengo que escribir. Entonces lo hago todos los días, entre siete y una, y ya estoy tranquilo con mi conciencia protestante.[2]

En 1941 Fuentes llega a Chile y comienza sus estudios en la elitista Grange School, donde coincide con el que más tarde será su amigo y colega José Donoso. Tres años después se traslada a Buenos Aires, ciudad de la que guardará durante toda su vida un inmejorable recuerdo:

> Yo me enamoré de Buenos Aires, verdad, por muchos motivos, y algunos de ellos muy privados [...] Yo me dediqué a recorrer Buenos Aires, a recorrerlo a pie, para arriba y para abajo [...] vi todo el cine argentino en la calle Lavalle.[3]

En la capital argentina no sólo alimentará su confesada pasión de cinéfilo; allí también tendrá la oportunidad de descubrir la literatura hispanoamericana de la mano del entonces semidesconocido Jorge Luis Borges. En la narrativa del argentino, Carlos encontró una actitud ante la realidad y ante el proceso de creación literaria que le impresionó profundamente; con Borges el lenguaje adquiría una dignidad artística no alcanzada hasta el momento en la novela, y se abría a un universo de sugerencias que abolía la visión unívoca del mundo propia de la novela realista. Asimismo, la interpretación de la historia americana que se hallaba implícita en la obra de este autor sedujo notablemente al futuro escritor:

> Lo que logra Borges es esto, una apertura extraordinaria para la más profunda necesidad de la América latina, que es tener la oportunidad de una segunda historia, no quedarse con la historia que tenemos, que tanto detestamos, que tanto nos ha humillado.[4]

En 1944, con dieciséis años de edad, Fuentes se traslada al fin a vivir a México. Su refinada educación y su cultura cosmopolita le van a crear ciertas dificultades de adaptación:

> Fue muy traumático para mí, porque fue la primera vez que regresaba a mi país a vivir en él y yo era muy raro, muy extraño a los ojos de los demás porque traía acento argentino, chileno, porque me ves-

> tía con bombachas, porque leía el *Billiken*, el *Patorzú*, en fin.[5]

El choque se agudiza aún más con su ingreso en el Colegio de los Maristas de la capital mexicana; el joven, acostumbrado a moverse en un ambiente liberal y tolerante, se ve repentinamente sumido en un mundo de prohibiciones y represión. Hoy día aún recuerda aquella etapa con verdadero desagrado:

> Absolutamente todo estaba bajo el signo del pecado. Además trataban de violarte, los religiosos, sobre todo a la hora de jugar al fútbol que te pusieran los sostenes, te acomodaran los testículos... Eran unos tipos espantosos.[6]

Todos estos problemas se ven sin embargo compensados por la fuerte amistad que durante estos años unirá a Fuentes con el escritor Alfonso Reyes, a quien había conocido durante la estancia de la familia en Brasil. Reyes se convierte en el guía intelectual del adolescente, que le visita con asiduidad en su casa de Cuernavaca. Allí pasarán juntos muchas horas enfrascados en largas conversaciones sobre historia, literatura y filosofía. De la mano de Reyes, Fuentes aprenderá, entre otras cosas, a conocer a México, a valorar su cultura y su pasado, y a considerarse a sí mismo como miembro de la gran comunidad hispana.

En 1948 Fuentes obtiene el título de Bachiller en Leyes. Para entonces ya tiene claro su deseo de dedicarse por entero a escribir. Su decidida vocación choca contra la voluntad de sus padres, que ven en esta ocupación un futuro ruinoso y pretenden que su hijo estudie una carrera; este enfrentamiento provoca una fuerte crisis en la familia, que acaba finalmente solventándose con el ingreso del joven en la Facultad de Derecho de la UNAM. Este aparente cambio de actitud no ha de interpretarse sin embargo como una claudicación ante presiones o amenazas paternas, sino que, como el propio novelista ha confesado, se debe al consejo de Alfonso Reyes, quien le asegura que «el estudio del Código Civil es la mejor escuela para aprender a construir novelas».[7] De su estancia en la Universidad recordará con especial cariño a su profesor Manuel Pedroso que, según sus palabras, «nos conducía a la comprensión del derecho burgués mediante la energía social de Balzac, la sensibilidad privada de Rousseau o la melancolía burocrática de Galdós».[8]

Fuentes había realizado ya hasta el momento algunas incursiones, aún tímidas, en el terreno de la creación literaria. Contaba en su haber con algunos cuentos, publicados en revistas escolares de Chile, y una novela que nunca llegó a ver la luz, y que el escritor cataloga como

> [...] un melodrama espantoso en Haití, un poco una premonición de *El reino de este mundo.* Se la leí a Siqueiros —que estaba entonces haciendo los murales de Chillán—; era muy barroca, el pobre se dormía oyéndola naturalmente, esa inmensa novela de 400 páginas que escribí a los catorce años.[9]

A lo largo de su etapa de estudiante lee todo lo que cae en sus manos, y queda especialmente impresionado con la lectura de los clásicos españoles, de manera particular con las figuras de Don Quijote y Don Juan, a quienes considera «los primeros dos grandes personajes de la modernidad europea».[10] Salvador Novo le seduce con su visión de la vida urbana de México y, en el campo de la literatura en lengua extranjera, le atrae principalmente la obra de Balzac, a quien siempre reconoció como uno de sus maestros más inmediatos. Son también años en que Fuentes se entrega a una intensa vida social, y es frecuente encontrar su nombre en la nómina de los asiduos a las diferentes fiestas que entonces se celebraban en las casas de la europeizada y esnob alta sociedad mexicana. Como atestigua Daniel Dueñas:

> [...] se movía en su elemento propio, organizaba fiestas en su casa, asistía continuamente a las de Ricardo del Villar y la hacienda de Nacho de la Torre, a donde iba la flor y nata de nuestros *intelectuales* encabezados por la princesa Agatha de Ratibor y su célebre esposo Edmundo Lasalle.[11]

En compañía de sus amigos, con quienes funda la grotesca comunidad que bautizan como «basfumismo», visita con frecuencia burdeles y cantinas, y adquiere un conocimiento directo de los distintos ambientes de la ciudad que poco más tarde se convertirá en materia prima de su novela *La región más transparente.*

Tras un año de estancia en Ginebra, donde redacta su tesis doctoral, Fuentes regresa a México en 1951. Todo el mundo percibe la transformación que se ha operado en su personalidad: «Se había vuelto muy serio, reflexivo, poco amigo de compañía y se decía que estaba trabajando mucho. Abandonó las fiestas [...] y se refugió en la lectura, en el estudio».[12]

Su amplia formación le permite desempeñar diversos cargos burocráticos en la Universidad, y pasar poco después a ocupar el puesto de jefe del Departamento de Relaciones Culturales del Ministerio de Asuntos Exteriores. También comienzan a hacerse frecuentes sus colaboraciones en periódicos y revistas, con comentarios sobre temas políticos, económicos, literarios o cinematográficos. En 1954 aparece en una revista mexicana de escasa difusión su cuento *Pantera en jazz,* y poco más tarde llega su gran oportunidad al facilitarle Juan José Arreola la publicación de su primer libro de cuentos, *Los días enmascarados,* en su editorial para escritores jóvenes Los Presentes. En 1955 lo encontramos ya dedicado prácticamente por entero a la literatura. Junto con Emmanuel Carballo funda la *Revista Mexicana de Literatura* y dirige una columna en la sección cultural del diario *Novedades.*

El ambiente intelectual que se respira en el México de los cincuenta influye de forma decisiva en esta primera etapa de la creación literaria de Fuentes. En el campo de la narrativa, se percibe la llegada a la madurez de una nueva estética que se había ido gestando en todo el continente desde las primeras décadas de siglo. Ya en los relatos de Miguel Ángel Asturias, Alejo Carpentier, Yáñez o Rulfo, se percibía el desplazamiento del interés del narrador desde el *exterior* al *interior* del personaje, unido a un rechazo del localismo pintoresco y a un afán por experimentar nuevas fórmulas de expresión. Por otra parte, y como señala José Donoso, la penetración en Hispanoamérica de la novelística extranjera fue asimismo un factor decisivo en la orientación que adoptó esta generación:

> Nuestra sensibilidad se dejó contagiar sin titubeos por norteamericanos, franceses, ingleses e italianos que nos parecían mucho más *nuestros,* mucho más *propios* que un Gallegos o un Güiraldes, por ejemplo, o que un Baroja.[13]

Carlos Fuentes, lector asiduo en esta época de autores como Faulkner, Joyce o Thomas Mann, se empapa por completo de estas nuevas tendencias y se hace eco de ellas en su propia obra narrativa.

Al margen de este influjo foráneo, cifrado principalmente en cuestiones formales, el intelectual mexicano vive intensamente el acalorado debate que, sobre los problemas de la identidad y la nacionalidad, llevaba ya algunos años en el candelero, concretamente desde la publicación en 1934 de *El perfil del hombre y la cultura en México* de Samuel Ramos. Fuentes encontró en esta polémica los fundamentos teóricos de un tema que le había obsesionado desde los años de su infancia y que conoció en profundidad por medio de sus conversaciones con Alfonso Reyes, quien se había sumado a la discusión al defender la *universalidad* del hombre y de la cultura de México frente al excesivo localismo postrevolucionario. Como señala el novelista, su maestro «libró la guerra contra el chovinismo estéril con el argumento de que una cultura sólo puede ser provechosamente nacional si es generosamente universal».[14] Reyes fue uno de los pensadores que se hizo eco en Hispanoamérica de las ideas nacidas en el período de entreguerras, que suponían un derrumbamiento del etnocentrismo europeo y una valoración de las culturas hasta entonces consideradas *excéntricas*. Esta transformación, palpable y evidente en el terreno de los estudios antropológicos, la advierte Reyes en su propio continente y da cuenta de ella en su conocido artículo «Notas sobre la inteligencia americana», publicado en 1937. El pensador señala que, hasta época reciente, el hombre hispanoamericano poseía un claro sentimiento de inferioridad; sentía «encima de las desgracias de ser humano y ser moderno, la muy específica de ser americano, es decir, nacido y arraigado en un suelo que no era foco actual de la civilización, sino una sucursal del mundo».[15] Pero, hoy día, Hispanoamérica reclama ya su lugar en el concierto de la comunidad humana: «Reconocednos el derecho a la ciudadanía universal que ya hemos conquistado. Hemos alcanzado la mayoría de edad. Muy pronto os habituaréis a contar con nosotros».[16] Esta será una de las principales enseñanzas que Fuentes recibirá de su maestro: la necesidad de valorar e interpretar a México y a *lo mexicano* como manifestaciones particulares de la universalidad esencial del ser humano.

Otro hito importante en la formación de escritor será su amistad con Octavio Paz, quien en 1950, con *El laberinto de la soledad,* había ofrecido el estudio más profundo y acabado del *ser* mexicano. Basado en las orientaciones emanadas de Ramos y Reyes, Paz consideraba que los problemas de México sólo podrían hallar solución mediante un profundo repaso a su historia que dejase al descubierto los *traumas* inconscientes del pasado, y sentase las bases de un proyecto futuro. La vida del país, en opinión de Paz, se hallaba marcada por la reiteración cíclica de determinados fenómenos que, a modo de «eterno retorno», reactualizaban una y otra vez el «acto original» de la conquista: México era hijo de la violencia, hijo de esa «chingada» que se había convertido en el «santo y seña» de su existencia.

Guiado por las tesis del poeta-ensayista, Fuentes aborda en sus dos grandes novelas de esta primera etapa, *La región más transparente* (1958) y *La muerte de Artemio Cruz* (1962), la tarea de profundizar en la personalidad del mexicano por medio de su historia, sus mitos y su tradición. Artemio, protagonista del segundo relato, prototipo del *chingón* enriquecido por sus pocos escrúpulos y su pertenencia casual al bando triunfante en la revolución, se erige en símbolo genuino de los ciclos repetidos de la historia del país:

> Artemio Cruz. Así se llamaba, entonces, el nuevo mundo surgido de la guerra civil; así se llamaban quienes llegaban a sustituirlo [...]. Desventurado país que a cada generación tiene que destruir a los antiguos poseedores y sustituirlos por nuevos amos, tan rapaces y ambiciosos como los anteriores.[17]

El novelista ofrece un posible remedio a esta situación con un planteamiento basado en las tesis de Paz: el mexicano ha de conocerse a sí mismo, y ello supone la necesidad de bucear en su propia historia y de romper la fatal «dialéctica de la chingada»;

> Matémosla: matemos esa palabra que nos separa, nos petrifica, nos pudre con su doble veneno de ídolo y cruz: que no sea nuestra respuesta ni nuestra fatalidad. [...] La chingada que envenena el amor, disuelve la amistad, aplasta la ternura, la chingada que separa, la chingada que destruye, la chingada que emponzoña.[18]

De 1957 data la amistad de Fuentes con Luis Buñuel, que alimentará la pasión de *cineadicto enfermizo* de nuestro escritor. A ambos les va a unir su rechazo al realismo como forma de expresión y una idéntica voluntad de convertir al lector-espectador en partícipe activo de la creación artística:

> La película no se entiende si el espectador no aporta una interpretación, una mitad de la película que Buñuel entrega conscientemente en sus manos. [...] Darle forma a la novela en la imaginación del lector. En esto me influyó mucho Buñuel.[19]

Consolidado ya como uno de los escritores jóvenes de México con mayor prestigio nacional e internacional, Fuentes se entrega en los primeros años de la década de los sesenta a defender la causa de la Revolución cubana. Para propagar sus ideales viaja por Hispanoamérica y establece contacto con otros intelectuales del continente, como García Márquez, Cortázar o José Donoso, con los que traba una gran amistad. Este último resume así la impresión que le causó el autor de *La región más transparente* en su encuentro de 1962:

> Hablaba inglés y francés a la perfección. Había leído todas las novelas —incluso a Henry James, cuyo nombre todavía no había sonado en las soledades de América del Sur—, y visto todos los cuadros, todas las películas en todas las capitales del mundo. No tenía la enojosa arrogancia de pretender ser *un sencillo hijo del pueblo,* como más o menos se usaba entre los intelectuales chilenos de esos años, sino que asumía con desenfado su papel de individuo e intelectual, uniendo lo político con lo social y lo estético, y siendo, además, un elegante y refinado que no temía parecerlo.[20]

Su izquierdismo activo y militante, y sus duras críticas a la actitud neocolonialista de EEUU en Iberoamérica, determinaron que su nombre pasara a engrosar la lista de personas indeseables de la Administración norteamericana, y que en 1963 y 1969 le fuera denegada la entrada en territorio estadounidense.

En los años sesenta Fuentes se establece durante largas temporadas en Europa, principalmente en París, donde desarrolla una intensa vida social e intelectual. Su dominio de las lenguas francesa e inglesa le facilita asiduas colaboraciones en publicaciones de distintos países europeos, al tiempo que elabora numerosos guiones y adaptaciones cinematográficas. El ritmo frenético que impone a su trabajo en esta década se traduce además en la publicación de sus novelas *Aura* (1962), *Zona sagrada* (1967), *Cambio de piel* (1967) —que ese mismo año recibe el Premio Biblioteca Breve y es inmediatamente prohibida por la censura franquista— y *Cumpleaños* (1969), y sus ensayos *París: la revolución de mayo* (1968) y *La nueva novela hispanoamericana* (1969). Su estancia en la capital francesa le pone en contacto con las ideas de la vanguardia izquierdista del momento y le hace partícipe del sentimiento dominante de reacción ante la sociedad burguesa, que fructifica en la revuelta estudiantil del 68. El novelista mexicano vive estos sucesos muy de cerca, y en los distintos comentarios que les dedica —todos ellos elogiosos— destaca su carácter de síntoma de una insatisfacción histórica de alcance universal:

> [...] esto es lo primero que hay que comprender sobre la Revolución de Mayo en Francia: que es una insurrección, no contra un gobierno determinado, sino contra el futuro determinado por la práctica de la sociedad industrial contemporánea.[21]

En el terreno cultural, el estructuralismo y las teorías antropológicas de Lévi-Strauss están en auge; las ideas de éste sobre la unidad esencial de las culturas humanas —que entroncaban claramente con algunos conceptos fundamentales de la *filosofía de lo mexicano*— y la identidad a nivel profundo de las narraciones míticas, son de gran importancia para comprender la forma en que el novelista va a enfocar el estudio de la historia y las tradiciones en sus obras de estos años.

La fuerte reacción contra el mundo burgués, que domina buena parte del ambiente cultural de los sesenta, afecta también de manera significativa al ámbito de la creación artística. Se abandonan los moldes tradicionales de expresión, y el arte inicia un complejo camino de experimentación formal. En el campo literario se hace patente el rechazo al realismo —identificado como la estética de esta denostada clase social— y la novela, particularmente, se convierte en terreno de búsqueda de nuevas posibilidades expresivas. Las categorías estructurales del relato aparecen continuamente distorsionadas, y el novelista pretende que el lector deje de ser un ente pasivo que *recibe* simplemente una historia cómodamente sentado en su sillón para convertirse en un verdadero co-creador de *rayuelas* narrativas. Fuentes participa activamente en la difusión y puesta en práctica de estas nuevas ideas, y su ensayo de 1969, dedicado a la novela hispanoamericana, supone un verdadero manifiesto de su estética; en este volumen, el autor dictamina la muerte de la «forma burguesa» del relato y señala que el escritor contemporáneo ha de explorar en los cauces de una «segunda realidad» donde reside «tanto la mitad oculta, pero no por ello menos verdadera, de la vida, como el significado y la unidad del tiempo disperso».[22] En esta zona, el arte pierde su diferenciación étnica o cultural particular y se vuelve universal, al igual que las estructuras míticas que, en opinión de Lévi-Strauss, son compartidas por toda la Humanidad y se hallan presentes en la mayoría de las creaciones humanas. Basándose en estos convencimientos, Fuentes defiende que la novela de hoy es, básicamente, «mito, lenguaje y estructura»,[23] definición que ha hecho historia en los estudios sobre literatura hispanoamericana contemporánea.

Todos estos conceptos teóricos toman cuerpo en sus creaciones, que se convierten en obras con una elevada dosis de complejidad formal y que se acercan en muchos casos al terreno de la especulación filosófica. El novelista justifica así su concepto de la escritura:

> Yo, personalmente, prefiero el extremo de una lejanía consciente, aunque peque de frialdad o de intelectualismo, que ese cosquilleo cómplice en el que el

Carlos Fuentes. Colegio Francés, México D.F., 1945

Carlos Fuentes. Madrid, 1985. Foto de Raúl Cancio

público cree reconocerse inmediatamente para «sublimar» así su vida cotidiana.[24]

Los temas principales de atención y debate siguen siendo los mismos de su primera etapa, pero ahora Fuentes trasciende los límites de su país y los parámetros de la *filosofía de lo mexicano* para dar paso a un universalismo que intenta explorar los problemas del individuo —independientemente de su nacionalidad— y analizar los resortes ocultos del acontecer histórico. Al igual que había sucedido en los relatos de tema *mexicano,* sus conclusiones no son realmente optimistas, y nos dejan ante la imagen de una historia repetida y un ser humano falsamente engañado por la idea de libertad.

En los años setenta el escritor mexicano comienza a recoger los frutos de su intensa actividad, que le llegan en forma de premios y galardones diversos. Entre otros, destacan el Premio de los Embajadores de París, el Premio Internacional de novela Rómulo Gallegos otorgado en Venezuela en 1977, y el Premio Alfonso Reyes, concedido en México dos años más tarde. Las autoridades de su país, reconociendo su gran prestigio internacional, le ofrecen el puesto de Embajador en Francia, cargo que Fuentes acepta en 1975 para abandonarlo dos años después debido a su disconformidad con el nombramiento del ex presidente Díaz Ordaz —a quien consideraba responsable directo de la matanza de Tlatelolco— como representante del gobierno mexicano en España. En el terreno personal, el mismo año de su acceso a la representación diplomática, celebra su matrimonio con la periodista Silvia Lemus, tras la separación de su anterior esposa, la actriz Rita Macedo.

Su actividad intelectual no decae un ápice en estos años. Realiza diversos guiones y adaptaciones cinematográficas, forma parte de varios jurados de cine y literatura y, en lo que respecta a su labor literaria, experimenta con un género que hasta entonces no había cultivado: el teatro. De esta forma, ven la luz sus dos piezas *Todos los gatos son pardos* (1970) y *El tuerto es rey*

(1971), que poco más tarde aparecerán reunidas en el volumen titulado *Los reinos originarios* (1971). Intensifica su labor de ensayista y en poco tiempo se publican sus estudios *Casa con dos puertas* (1970), *Tiempo mexicano* (1971) y *Cervantes o la crítica de la lectura* (1976).

En 1975 ve la luz la que sin duda alguna constituye la obra cumbre de la trayectoria narrativa de Carlos Fuentes: *Terra Nostra.* Atrás quedaban seis años de trabajo dedicados a una ardua recopilación y ordenación de materiales y lecturas diversas, y a un planteamiento detallado y cuidadoso de esta novela que, en frase de José Miguel Oviedo, habría de convertirse en una auténtica «enciclopedia de su propio saber novelístico».[25] En ella se repiten hasta la saciedad las ideas obsesivas del autor, que en este caso adoptan un tono de desmesura: a la estructura alineal de la acción, elevado intelectualismo y dificultad de lectura de obras anteriores, se viene a sumar en este caso la gran extensión de la novela, lo cual complica extraordinariamente la labor de interpretación. El mismo Fuentes ha declarado en alguna ocasión que hay varios aspectos de este relato que se le escapan a él mismo, y que incluso no llegó a vislumbrar sus auténticas *claves* hasta que se sometió a una sesión de psicoanálisis en París. Quizás en atención a ciertas críticas desfavorables, o quizás finalmente convencido del hermetismo de su novela, el autor ofrece poco tiempo después, en un apéndice de su ensayo *Cervantes o la crítica de la lectura,* una lista bibliográfica que recoge las principales fuentes de información en el proceso de elaboración de *Terra Nostra,* probablemente con el propósito de facilitarle al lector un posible camino de entrada a la comprensión del texto.

Tras el esfuerzo y los años invertidos en esta obra, Fuentes, en conversación con Gladys Feijóo, declara hallarse «totalmente liberado para escribir una novela de espionaje».[26] Ésta se publica en 1978 y lleva por título *La cabeza de la hidra.* Se trata de un relato que responde al cliché tópico del *thriller* y que fue considerada por la crítica como una obra *menor* del autor mexicano. La opinión general puede quedar resumida en las palabras de Rolando Camozzi, quien la define como «*un paréntesis lúcido* que con frecuencia se permiten los creadores, y en consecuencia ofrecen una obra menor, de vacaciones».[27]

A lo largo de esta década se produce un cierto enfriamiento en el compromiso militante de Fuentes con la causa de la Revolución cubana. El encarcelamiento del poeta Padilla fue la manzana de la discordia que generó tensiones y discrepancias entre aquellos que hasta entonces se habían mantenido en una unión sin apenas fisuras; nuestro autor se inscribe entre los firmantes de una carta de protesta, en un acto que significó su primera y más significativa crítica pública al régimen castrista. Mario Benedetti, al calor de esta trifulca, lanza un durísimo ataque contra algunos de los firmantes, a los que acusa de *pontificar* sobre los problemas del continente americano desde su dulce y cómodo exilio europeo. Los dardos apuntan claramente a Fuentes, a quien el uruguayo también censura su papel de cabecilla de una *mafia* que, a su juicio, controlaba en ese momento todos los mecanismos literarios y críticos.[28] Benedetti se hace eco en este punto de una acusación dirigida por entonces a algunas figuras relevantes que, como el mexicano, se habían dado a conocer internacionalmente por medio del fenómeno comercial del «boom». Sus detractores habían lanzado el rumor que hablaba de la formación de un auténtico «clan» que imponía sus criterios, dominaba las editoriales y practicaba el «autobombo» propagandístico. Fuentes siempre negó la existencia de este «grupo mafioso», supuestamente dirigido por él, aunque lo cierto es que, probablemente debido a sus amplias relaciones internacionales, pronto fue considerado como la cabeza visible del mencionado «boom». José Donoso ha reconocido de forma explícita la importante labor que el novelista desempeñó en la propagación mundial de la narrativa hispanoamericana de la época:

> [...] fue el primero en manejar sus obras a través de agentes literarios, el primero en tener amistades con escritores importantes de Europa y USA [...] el primero en ser considerado como un novelista de primera fila por los críticos yanquis, el primero en darse cuenta de la dimensión de lo que estaba sucediendo en la novela hispanoamericana de su generación, y generosa y civilizadamente, el primero en darlo a conocer.[29]

La intensa actividad de Fuentes en todos los órdenes se ha manifestado, con un leve descenso, a lo largo de la década de los ochenta. En los últimos años ha seguido publicando con regularidad colaboraciones y artículos de opinión en periódicos y revistas de distintos países, en los que ha mantenido el tono crítico hacia la política de la Administración norteamericana. Es conocida su postura fuertemente contraria a la actitud de Reagan hacia Iberoamérica, y la actuación del gobierno estadounidense en episodios como la invasión de Granada o la ayuda a la «contra» nicaragüense ha merecido ácidos comentarios de su pluma. Sin embargo, nada más erróneo que la pretensión de identificar a Fuentes con la clásica figura del escritor comprometido o *panfletario*; su visión del mundo no comulga con límites estrictos ni planteamientos maniqueos, y su notable independencia de criterio le lleva a criticar todo tipo de injusticias sea cual fuere el lugar donde se produzcan. Acérrimo opositor a la política de bloques y su repercusión en Hispanoamérica, también la Unión Soviética ha sido blanco frecuente de sus condenas, recrudecidas tras la invasión de Afganistán.

A lo largo de esta última década el novelista ha vivido durante largas temporadas en Europa —París, Londres, Venecia— y, olvidados los recelos y levantadas las prohibiciones de las autoridades norteamericanas, ha ejercido como profesor en Universidades como Princeton o Harvard, lugar este último donde enseña en la actualidad. Su relación con México sigue siendo totalmente pasional; los problemas de su historia, su identidad y su realidad social siguen estando en el primer plano de sus preocupaciones intelectuales, si bien el escritor confiesa que le sería imposible la vida en su país; así se lo ha comentado recientemente a José M.ª Marco:

> Para mí es indispensable estar fuera de México por razones casi de higiene mental. Es un país muy enfermo en sus capas intelectuales. La capacidad de resentimiento y de autodestrucción es muy grande. Yo voy a México a veces sin que nadie se entere, voy a lugares que amo, veo y hablo con gente que no es famosa. Entiendo vivir aislado, escoger a mis amistades, ver a muy poca gente, para luego filtrar esto literariamente. Necesito ver el país de lejos. Hay gente que necesita estar muy cerca, como Rulfo. Yo no. Como Gogol veía a Rusia, así veo yo a México.[30]

En los últimos años, la obra del mexicano se ha visto premiada con dos importantes galardones: el Premio Nacional de Literatura de México, concedido el 19 de diciembre de 1984, y en 1987 el que probablemente sea el mejor reconocimiento hasta el momento de su trayectoria literaria: el Premio Cervantes de Literatura.

La labor creativa de Fuentes en la presente década se inicia en 1980 con la aparición de la novela *Una familia lejana,* que entronca claramente con la línea *fantástica* de *Aura* y *Cumpleaños.* El novelista vuelve a viajar en esta obra alrededor de sus fantasmas y obsesiones, que en este caso se hacen mucho más inmediatas y adquieren un carácter de confesión personal: el autor, convertido en personaje, comparece en las páginas de su relato como un hombre de educación cosmopolita, desarraigado de su país —aunque siempre preocupado por sus problemas—, y que encuentra en Europa, y más concretamente en París, su perfecto equilibrio espiritual; un hombre, como otros muchos, exiliado del continente americano que vive a caballo entre dos mundos y dos proyectos.

En sus últimas entregas *Agua quemada* (1981), *Grin-*

go viejo (1985) y *Cristóbal Nonato* (1987), Fuentes experimenta una transformación que le conduce de nuevo a los temas más *localistas* de su primera etapa; él mismo parece ser consciente de esta vuelta a sus orígenes como novelista: la inclusión de dos citas, una de Alfonso Reyes y otra de Octavio Paz al comienzo del primer volumen, y su propio título, tomado de un poema de este último, remiten a sus dos grandes maestros de juventud. Al propio tiempo, la publicación de las tres obras en el Fondo de Cultura Económica supone un regreso del autor a la editorial que no había lanzado novelas suyas desde *La muerte de Artemio Cruz*. Los experimentos formales se atenúan también de forma considerable, y sus relatos siguen mucho más de cerca las pautas del realismo tradicional. El escritor parece retomar la palabra que había dejado parcialmente interrumpida en los años sesenta, y en estos volúmenes realiza un balance de lo sucedido hasta el momento. Su visión no puede ser más negativa y pesimista: México aparece en estas páginas como un país dividido, fragmentado, empobrecido, desculturizado, en una situación que en la última novela cobra tintes grotescos y dramáticos: la ciudad se ahoga bajo una marea de excrementos, basura y lluvia ácida. El tono crítico y comprometido de sus artículos y colaboraciones periodísticas se conjuga en estos relatos con un fuerte pesimismo y un tono de nostalgia del pasado. México, su gran problema, su gran preocupación desde niño, está ya reclamando a gritos una solución que evite su paulatina autodestrucción. El único remedio reside, de nuevo, en una profunda labor de autoexamen que permita al hombre americano reconocerse a sí mismo. Las soluciones también pasan por una necesaria unidad de acción de todos los países iberoamericanos, en un plano de independencia e igualdad. Como sostiene el novelista en su discurso de recepción del Premio Rómulo Gallegos, este es el único camino para construir el ideal utópico del «latinosocialismo».

> No convoco una ilusión, sino apenas una esperanza concreta: que la América latina sea la portadora de un futuro social humano en el que los Estados nacionales acaben de integrarse gracias a la fuerza de los poderes sociales, y que éstos puedan desarrollarse respetados por Estados nacionales que sirvan de escudo de nuestro desarrollo independiente. Tales serían las características de un latinosocialismo. La alternativa es la postración y, acaso, la agonía.[31]

En un artículo reciente, el escritor insiste en esta necesidad de hallar un modelo propio, basado en la tradición histórica y cultural:

> La cultura de la América española, tan hambrienta de modernidad, posee una tradición. Sin el conocimiento de esa tradición, corremos el riesgo de convertirnos en el basurero del dispendio industrial [...] si ignoramos nuestro pasado, tendremos que afirmar que todo lo duradero de nuestras sociedades fue construido por fantasmas y entonces nosotros mismos seremos fantasmas. [...] Debemos estar listos para recibir al pasado si queremos tener un presente y un porvenir.[32]

Esta es la vida y el pensamiento del Fuentes actual, un intelectual que bordea la barrera de los sesenta años y que, a pesar de su relativa juventud, cuenta a sus espaldas con una de las obras creativas más amplias y ricas del continente americano. Aún es mucho lo que debemos esperar de él; para un futuro inmediato, se anuncia ya la aparición de una nueva novela, titulada provisionalmente *El rey de México* que, según sus propias declaraciones, estará basada en sus experiencias en la diplomacia de su país, y un libro de ensayo sobre Hispanoamérica.

Carlos Fuentes, hombre cosmopolita, independiente y polémico, cronista y crítico feroz de las estructuras del mundo contemporáneo, de las desigualdades e injusticias de su país, defensor a ultranza de la unidad de la comunidad hispana, novelista, autor teatral, ensayista, profesor universitario... personalidad, en definitiva, compleja y multifacética, es nuestro Premio Cervantes 1987 y, a buen seguro, no será éste el único galardón internacional de prestigio que reciba su obra. Su nombre está sonando con insistencia en los últimos años como candidato cualificado al Premio Nobel de Literatura.

NOTAS

1. Soler Serrano, Joaquín: «Carlos Fuentes», en *Mis personajes favoritos,* separata de la revista *Telerradio,* n.° 33, p. 259.
2. Marco, José María: «Profecías y exorcismos», *Quimera,* n.° 68, 1987, p. 35.
3. Sosnowski, Saúl: «An Interview with Carlos Fuentes», *Hispamérica,* 9, 27, 1980 p. 71.
4. *Ibíd.,* p. 96.
5. *Ibíd.,* p. 71.
6. *Ibíd.,* p. 72.
7. *Ibíd.,* íd.
8. «Carlos Fuentes», en *Los narradores ante el público,* México, Joaquín Mortiz, 1966, p. 152.
9. Osorio, Manuel: «Entrevista con Carlos Fuentes: no escribo para leer en el Metro», *Cuadernos para el diálogo,* Madrid, n.° 197, 5 de febrero de 1977, p. 50.
10. Fuentes, Carlos: *Tiempo mexicano,* México, Joaquín Mortiz, 1978, p. 46.
11. Dueñas, Daniel: «Carlos Fuentes, de "niño bien" a novelista de los habitantes del D.F.», *Hoy,* 110, 17 de mayo de 1958, p. 77.
12. *Ibíd.,* íd.
13. Donoso, José: *Historia personal del «boom»,* Barcelona, Anagrama, 1972, p. 23.
14. *Los narradores..., op. cit.,* p. 142.
15. Reyes, Alfonso: «Notas sobre la inteligencia americana», en Martínez, José Luis: *El ensayo mexicano moderno,* México, FCE, 1958, p. 310.
16. *Ibíd.,* p. 311.
17. Fuentes, Carlos: *La muerte de Artemio Cruz,* México, FCE, 1962, p. 50.
18. *Ibíd.,* p. 146.
19. *Los narradores..., op. cit.,* p. 142.

20. Donoso, José, *op. cit.*

21. Fuentes, Carlos: «La Francia revolucionaria: imágenes e ideas», en Fuentes, Sartre y Cohn Bendit: *La revolución estudiantil,* San José, Editorial Universitaria Centroamericana, 1971, p. 16.

22. Fuentes, Carlos: *La nueva novela hispanoamericana,* México, Joaquín Mortiz, 1969, p. 19.

23. *Ibíd.,* p. 20.

24. *Los narradores..., op. cit.,* p. 145.

25. Oviedo, José Miguel: «Fuentes: sinfonía del Nuevo Mundo», *Hispamérica,* año VII, n.° 16, 1977, p. 19.

26. Feijóo, Gladys: «Entrevista a Carlos Fuentes», *Románica,* XIV, 1977, p. 84.

27. Camozzi, Rolando: «La cabeza de la hidra», *Reseña,* n.° 118 (enero-febrero 1979), p. 118.

28. Ver *El escritor latinoamericano y la revolución posible,* México, Nueva Imagen, 1974.

29. Donoso, José: *op. cit.,* p. 64.

30. Marco, José María: art. cit., p. 35.

31. Fuentes, Carlos: Discurso en la Entrega del Premio Internacional de Novela Rómulo Gallegos, Ediciones de la Presidencia de la República y del Consejo Nacional de Cultura, Caracas, 1978, p. 23.

32. Fuentes, Carlos: «Una perspectiva iberoamericana», *ABC* (Madrid), domingo 17 de junio de 1984, p. 56.

Carlos Fuentes. Madrid, 1985. Foto de Raúl Cancio

Discurso de Carlos Fuentes en la entrega del Premio Cervantes 1987

Majestades,

Si este galardón —que tanto me honra y tanto aprecio— es considerado el premio de premios para un escritor de nuestra lengua, ello se debe a que, como ningún otro, es un premio compartido.

Yo comparto el Premio Cervantes, en primer lugar, con mi patria, México, patria de mi sangre pero también de mi imaginación, a menudo conflictiva, a menudo contradictoria, pero siempre apasionada con la tierra de mis padres. México es mi herencia, pero no mi indiferencia; la cultura que nos da sentido y continuidad a los mexicanos es algo que yo he querido merecer todos los días, en tensión y no en reposo. Mi primer pasaporte —el de ciudadano de México— he debido ganarlo, no con el pesimismo del silencio, sino con el optimismo de la crítica. No he tenido más armas para hacerlo que las del escritor: la imaginación y el lenguaje.

Son estos los sellos de mi segundo pasaporte, el que me lleva a compartir este premio con los escritores que piensan y escriben en español. La cultura literaria de mi país es incomprensible fuera del universo lingüístico que nos une a peruanos y venezolanos, argentinos y puertorriqueños, españoles y mexicanos. Puede discutirse el grado en el que un conjunto de tradiciones religiosas, morales y eróticas, o de situaciones políticas, económicas y sociales, nos unen o nos separan; pero el terreno común de nuestros encuentros y desencuentros, la liga más fuerte de nuestra comunidad probable, es la lengua —el instrumento, dijo una vez William Butler Yeats, de nuestro debate con los demás, que es retórica, pero también del debate con nosotros mismos, que es poesía.

Debate con los demás, debate con nosotros mismos. Nos disponemos, así que pasen cuatro años, a celebrar los cinco siglos de una fecha inquietante: 1492. Vamos a discutir mucho sobre la manera misma de nombrarla. ¿Descubrimiento, como señalan las costumbres, o encuentro, como concede el compromiso? ¿Invención de América, como sugiere el historiador mexicano Edmundo O'Gorman; deseo de América, como anheló el Renacimiento europeo, hambriento de dos objetivos incompatibles: utopía y espacio; o imaginación de América, como han dicho sus escritores de todos los tiempos, de Bernal Díaz del Castillo a sor Juana Inés de la Cruz, y a Gabriel García Márquez?

Los cinco siglos que van de aquel 92 a éste se inician, también, con la publicación de la primera gramática de la lengua castellana, por Antonio de Nebrija. Y aunque Nebrija designa a la lengua como acompañante del imperio, hoy reconocemos la otra vertiente de la celebración y ésta es la crítica. La lengua de la conquista fue también la de la contraconquista, y sin la lengua de la colonia no habría la lengua de la independencia.

Hablo de un idioma compartido, con mi patria, con mi cultura y con sus escritores. Quiero ir más lejos, sin embargo. Esta lengua nuestra se está convirtiendo, cada vez más, en una lengua universal, hablada, leída, cantada, pensada y soñada por un número creciente de personas: casi 350 millones, convirtiéndola en el cuarto grupo lingüístico del mundo; sólo en los EEUU de América sus hispanoparlantes transformarán a ese gran país, apenas rebasado el año 2000, en la segunda nación de habla española del mundo.

Esto significa que, en el siglo que se avecina, la lengua castellana será el idioma preponderante de las tres Américas: la del Sur, la del Centro y la del Norte. La famosa pregunta de Rubén Darío —¿tantos millones hablarán inglés?— será al fin contestada: no, hablarán español.

Nuestra imaginación política, moral, económica, tiene que estar a la altura de nuestra imaginación verbal.

Esta lengua nuestra, lengua de asombros y descubrimientos recíprocos, lengua de celebración pero también de crítica, lengua mutante que un día es la de san Juan de la Cruz y al siguiente la de fray Gerundio de Campazas y al que sigue, lengua fénix, vuela en alas de Clarín, esta lengua nuestra, mil veces declarada, prematuramente, muerta, antes de renacer para siempre, a partir de Rubén Darío, en una constelación de correspondencias trasatlánticas, ha sido todo esto porque ha sido espejo de insuficiencias, pero también agua del deseo, hielo de triunfos y cristal de dudas, roca de la cultura, permanente, continua, en medio de las borrascas que se han llevado a la deriva a tantas islas políticas; vidrio frágil, la lengua nuestra, pero ventana amplia, también, gracias a los cuales tenemos refugio y compensación, así como visión y conciencia, de los tiempos inclementes.

La lengua imperial de Nebrija se ha convertido en algo mejor: la lengua universal de Jorge Luis Borges y Pablo Neruda, de Julio Cortázar y Octavio Paz. La literatura de origen hispánico ha encontrado un pasaporte mundial y, traducida a lenguas extranjeras, cuenta con un número cada vez mayor de lectores.

¿Por qué ha sucedido esto? No por un simple factor numérico, sino porque el mundo hispánico, en virtud de sus contradicciones mismas, en función de sus conflictos irresueltos, en aras de sus ardientes compromisos entre la realidad y el deseo, y a la luz de la memoria colectiva de nuestra historia, que es la historia de nuestras culturas, plurales de nuestro lado del Atlántico —europeos, indios, negros y mestizos— pero de este lado también —cristianos, árabes y judíos—, ha podido mantener vigente todo un repertorio humano olvidado a menudo, y con demasiada facilidad, por la modernidad triunfalista que ha protagonizado, entre aquel 92 y éste, la historia visible de la humanidad.

Hoy, que esa modernidad y sus promesas han entrado en crisis, miramos en torno nuestro buscando las reservas invisibles de humanidad que nos permitan renovarnos sin negarnos, y encontramos en la comunidad de la lengua y de la imaginación española dos surtidores que no se agotan.

Mas apenas intentamos ubicar el punto de convergencia entre el mundo de la imaginación y la lengua hispanoamericana y el universo de la imaginación y el lenguaje de la vida contemporánea, nos vemos obligados a detenernos, una y otra vez, en la misma provincia de la lengua, en la misma ínsula de la imaginación, en el mismo autor y en la obra misma, que reúnen todos los tiempos de nuestra tradición y todos los espacios de nuestra imaginación.

La provincia —acá abajo, con Rocinante— es La Mancha. La ínsula —allá arriba, con Clavileño— es la literatura. El autor es Cervantes, la obra es el *Quijote* y la paradoja es que de la España postridentina surgen el lenguaje y la imaginación críticos fundadores de la modernidad que la Contrarreforma rechaza.

Daniel Defoe escribe el *Robinson Crusoe* con el tiempo de una modernidad consonante. Miguel de Cervantes escribe el *Quijote* a contratiempo, desautorizado por la historia inmediata, respondiendo no tanto a lo que está allí sino a lo que hace falta; potenciando la imaginación para hablarnos menos de lo que vemos que de lo que no vemos; de lo que ignoramos, más de lo que ya sabemos.

Unamuno ve las caras de Robinson y Quijote; en la del inglés, reconoce a un hombre que se crea una civilización en una isla; en la del español, a un hombre que sale a cambiar el mundo en que vive. Hay esto, pero algo más también: la tradición de Robinson será la de la seguridad, la coincidencia con el espíritu del tiempo, incluyendo una coincidencia con la crítica del tiempo, pero a veces, también, la arrogancia de nombrarse protagonista del mismo. La poética de Robinson será la de la narrativa lineal, realista, lógica, futurizante, poblada por seres de carne y hueso, definidos por la experiencia: Robinson y sus descendientes leen al mundo.

Quijote y los suyos son leídos por el mundo, y lo saben. La tradición quijotesca no disfraza su génesis fictiva; la celebra; sus personajes no son entes sicológicos, sino figuras reflexivas; no el producto de la experiencia, sino de la inexperiencia; no les importa lo que saben, sino lo que ignoran: lo que aún no saben. No se toman en serio; admiten que su realidad es una mentira. Pero esa maravillosa mentira, la novela, salva, nos dice Dostoyevsky hablando de Cervantes, a la verdad.

La poética de La Mancha y su descendencia numerosa, que un día antes que yo evocó aquí mismo el gran novelista cubano Alejo Carpentier, incluyen a los hijos de Don Quijote, el Tristram Shandy de Sterne, contemplando su propia gestación novelesca; y el fatalista de Diderot, Jacques, ofreciéndole al lector repertorios infinitos de probabilidades; a sus nietas, la Catherine Moorland de Jane Austen y la Emma Bovary de Gustave Flaubert, que también creen todo lo que leen; a sus sobrinos el Myshkin de Dostoyevsky, el Micawber de Dickens y el Nazarín de Pérez Galdós: todos aquellos que escogen la difícil alternativa de la bondad y por ello sufren agonía y ridículo; y si todos ellos son descendientes de Don Quijote lo son, acaso, de san Pablo también, pues la locura de Dios es más sabia, dice el santo, que toda la sabiduría de los hombres.

La locura de Don Quijote y su descendencia es una santa locura: es la locura de la lectura. Su biblioteca de libros de caballerías es su refugio inicial, la protección de su supuesta locura, que consiste en dar fe de la lectura. Pero esta convicción entraña el deber de actualizar sus lecturas.

Don Quijote sale a probar la existencia de una edad pasada, cuando el mundo era igual a sus palabras. Se encuentra con una edad presente, empeñada en separarlo todo. Sale a probar la existencia de los héroes escritos: los paladines y caballeros andantes del pasado. Encuentra su propia contemporaneidad en un hecho para él irrefutable: Don Quijote, como sus héroes, también ha sido escrito.

Quijote y Sancho son los primeros personajes literarios que se saben escritos mientras viven las aventuras que están siendo escritas sobre ellos. Colón en la tierra nueva, Copérnico en los nuevos cielos, no operan una revolución más asombrosa que ésta de Don Quijote al saberse escrito, personaje del libro titulado *El ingenioso hidalgo Don Quijote de la Mancha.*

La información moderna, el privilegio pero también la carga de la mirada plural, nacen en el momento en que Sancho le dice a Don Quijote lo que el bachiller Sansón Carrasco le dijo a Sancho: estamos siendo escritos. Estamos siendo leídos. Estamos siendo vistos. Carecemos de impunidad, pero también de soledad. Nos rodea la mirada del otro. Somos un proyecto del otro. No hemos terminado nuestra aventura. No la terminaremos mientras seamos objeto de la lectura, de la imaginación, acaso del deseo de los demás. No moriremos —Quijote, Sancho— mientras exista un lector que abra nuestro libro.

Paso definitivo de la tradición oral a la tradición impresa, Don Quijote, culminando prodigiosamente su novedad novelesca, es el primer personaje literario, también, que entra a una imprenta para verse a sí mismo en proceso de producción. Ello ocurre, naturalmente, en Barcelona.

El precio de esta aventura de Don Quijote, su pasaporte entre dos tiempos de la cultura, es la inestabilidad. Inestabilidad de la memoria: Don Quijote surge de una oscura aldea, tan oscura que su aún más oscuro

—su incierto— autor, ni siquiera recuerda o no quiere recordar, el nombre del lugar. Don Quijote inaugura la memoria moderna con la ironía del olvido: todos sabían dónde estaba Troya y quién era Aquiles; nadie sabrá quién es K el agrimensor de Kafka, o dónde está El Castillo, dónde está Praga, dónde está la historia.

Inestabilidad, en segundo lugar, de la autoría: ¿quién es el autor del *Quijote,* un tal Cervantes, más versado en desdichas que en versos, o un tal de Saavedra, evocado con admiración por los hechos que cumplió, y todos por alcanzar la libertad; el historiador arábigo Cide Hamete Benengeli, cuyos papeles son vertidos al castellano por un anónimo traductor morisco, y que serán objeto de la versión apócrifa de Avellaneda? ¿Pierre Ménard, autor del *Quijote*? ¿Jorge Luis Borges, autor de *Pierre Ménard* y en consecuencia...?

Inestabilidad del nombre, en tercer lugar. «Don Quijote» es sólo unos de los nombres de Alonso Quijano, que quizás es Quixada o Quesada y que, apenas incursiona en el género pastoril, se convierte en Quijotiz; apenas entra a la intriga de la corte de los duques se convierte en el don Azote de la princesa Micomicona; cambian de nombre sus amantes —Dulcinea es Aldonza—, sus yeguas —Rocín-antes—, sus enemigos —Mambrino se convierte en Malandrino— y hasta sus infinitos autores: Benengeli se nos convierte en Berenjena.

Memoria inestable, autoría y nominación inestables; búsqueda, en consecuencia, del género mismo, del visado que nos diga: soy literatura, soy novela. Pero esto tampoco escapa a la inseguridad. Inaugurando la novela moderna, Cervantes nos dice: este es el género de todos los géneros y la contaminación de todos ellos, de todo cuanto esta novela, *Don Quijote,* abarca: picaresca y épica, pastoril y amorosa, novela morisca y novela bizantina, interpolada e interrumpida: indefinición de las categorías perfectas y cerradas; conflicto y contagio perpetuo del lenguaje.

Radicalmente moderno, Cervantes nos dice desde el

siglo XVII: recuerden, podemos olvidar; miren, no sabemos quiénes somos; escuchen, ya no nos entendemos.

Si el tiempo de la Contrarreforma, que es el suyo, le pide unidad de lenguaje, Cervantes le devuelve multiplicidad de lenguajes; si quiere fe, le devuelve dudas. Pero si la modernidad exige, por su lado, la duda constante, Cervantes, más moderno que la modernidad, le devuelve la fe en la justicia y el amor, y le exige el mínimo de unidad que nos permita comprender la diversidad misma.

Cervantes nos dice que no hay presente vivo con un pasado muerto. Leyéndolo, nosotros, hombres y mujeres de hoy, entendemos que creamos la historia y que es nuestro deber mantenerla. Sin nuestra memoria, que es el verdadero nombre del porvenir, no tenemos un presente vivo: un hoy y un aquí nuestro, donde el pasado y el futuro, verdaderamente, encarnan.

Mirada extraordinaria del discípulo de Alcalá de Henares sobre su mundo y el nuestro; la suya es la más ancha de las modernidades. Contratiempo, sí, y paradoja que acaso no lo sea tanto: novela permanente, origen del género pero también destino del mismo, el *Quijote* es nuestra novela y Cervantes es nuestro contemporáneo porque su estética de la inestabilidad es la de nuestro propio mundo.

A las crisis de entonces y de ahora Cervantes les indica el camino de una apertura que convierte a la inseguridad en el motivo de una creación constante. Cervantes inventa la novela potencial, en conflicto y en diálogo consigo misma, que es hoy la novela de Italo Calvino, de Milan Kundera y de Juan Goytisolo: la invitación quijotesca es la invitación perpetua a salir de nosotros mismos y vernos —a nosotros y al mundo— como enigma, pero también como posibilidad incumplida. La novela, para ganarse el derecho de criticar al mundo, comienza por criticarse a sí misma: la interrogante de la obra produce la obra.

Pero si la poética de La Mancha es la del mundo contemporáneo, también es la del Nuevo Mundo americano. Desde la fundación, nosotros nos preguntamos, como el lector de Cervantes, ¿quién es el autor del Nuevo Mundo? ¿Colón, que lo pisó primero, o Vespucio, que primero lo nombró? ¿Los dioses que huyeron, o el Dios que llegó? ¿Los anónimos artesanos mestizos de nuestras iglesias barrocas, o la afamada poeta barroca, obligada a guardar silencio por las autoridades?

¿Y dónde está el Mundo Nuevo? ¿En un lugar de Macondo, de cuyo nombre no quiero acordarme? ¿En un lugar en Comala, en un lugar de Canaima, en las alturas de Macchu Picchu? ¿Existen realmente esos lugares, son ciertos sus nombres? ¿Qué quiere decir «América»? ¿A quién le pertenece ese nombre? ¿Qué quiere decir «el Nuevo Mundo»? ¿Cómo pudo transformarse la dulce Cuauhnáhuac azteca en la dura Cuernavaca española? ¿Cómo bautizar el río, la montaña, la selva, vistos por primera vez? Y sobre todo, ¿cómo nombrar el vasto anonimato humano —indio y criollo, mestizo y negro— de la cultura multirracial de las Américas?

Darle voz y nombre a quienes no los tienen: la aventura quijotesca aún no termina en el Nuevo Mundo. Recordar que había una civilización del Nuevo Mundo antes de 1492 y que aunque la conquista propuso una nueva historia, los conquistados no renunciaron a la suya. El recuerdo ilumina el deseo, y ambos se reúnen en la imaginación: ¿quién es el autor del Nuevo Mundo?

Somos todos nosotros: todos los que lo imaginamos incesantemente porque sabemos que sin nuestra imaginación América —el nombre genérico de los mundos nuevos— dejaría de existir.

A partir de la imaginación los hispanoamericanos estamos intentando llenar todos los abismos de nuestra historia con ideas y con actos, con palabras y con organización mejores, a fin de crear, en el Nuevo Mundo hispánico, un mundo nuevo, una realidad mejor, en contra del capricho del más fuerte, que se sustenta en la fatalidad; a favor del diálogo y de la coexistencia, que se sustentan en la libertad, y otorgándole un valor específico al arte de nombrar y al arte de dar voz. Escritores, somos también ciudadanos, igualmente preocupados por el estado del arte y por el estado de la ciudad.

Portamos lo que somos en dirección de lo que queremos ser: voces en el coro de un mundo nuevo en el que cada cultura haga escuchar su palabra.

La nuestra se dice (y a veces hasta seduce) en español y con ella queremos hablarle a un planeta que no puede limitarse a dos opciones, dos sistemas, dos ideologías, sino que pertenece a múltiples culturas humanas y a sus fecundas posibilidades, hasta ahora apenas expresadas.

Sin embargo, la velocidad de los avances tecnológicos, la creciente interdependencia económica y el carácter instantáneo de las comunicaciones, forman parte de una dinámica global que no se detiene a preguntarle a nadie: oye, ¿ya decidiste cuál es tu identidad?

1992 es quizás nuestra última oportunidad de decirnos a nosotros mismos: esto somos y esto le daremos al mundo. Ejemplifico, no agoto: somos esta suma de experiencias, esta capacidad para actualizar los valores del pasado a fin de que el porvenir no carezca de ellos, este sentimiento trágico de que ninguna receta ideológica asegura la felicidad o puede, por sí misma, impedir la infelicidad si no va acompañada de algo que nosotros, los hispánicos, conocemos de sobra: el poder del arte para compensar y completar la experiencia histórica, dándole sentido y convirtiendo la información en imaginación.

Es la lección de La Mancha: Cervantes. Es también la lección de Comala: Rulfo; y la de Santa María: Onetti.

No estamos solos y nos encaminamos hacia el mundo del siglo venidero con ustedes, los españoles, que son nuestra familia inmediata. Nos necesitamos. Pero, también, el mundo del futuro necesita a España y a la América española. Nuestra contribución es única; también es indispensable; no habrá concierto sin nosotros. Pero antes debe haber concierto entre nosotros. A España le concierne lo que ocurre en Hispanoamérica y en Hispanoamérica nos concierne lo que ocurre en España. Sólo necesitándonos entre nosotros, el mundo nos necesitará también. Sólo imaginándonos los unos a los otros, el mundo nos imaginará.

La celebración del Quinto Centenario será, dentro de este espíritu, un acto renovado de fe en la imaginación. Nos corresponde de nuevo, de ambos lados del Atlántico, imaginar los mundos nuevos, pues no hay otra manera de descubrirlos.

Majestades,

Este honor excepcional con el que España distingue hoy a un ciudadano de México es parte de una tradición constante, que nos precede y nos prolongará: la relación de los escritores del Nuevo Mundo con la patria de Cervantes.

Quiero destacar un momento de esa relación, en el que España nos dio, a mí y a muchos mexicanos, lo mejor de sí misma.

Mi país le abrió los brazos a la España peregrina que en México encontró refugio para restañar las heridas de una guerra dolorosa. La emigración española compartió con nosotros algunos de los frutos más brillantes del arte, de la poesía, de la música, de la filosofía y del derecho modernos de España.

Muchos mexicanos somos los que somos, y sin duda somos un poco mejores, porque nos acercamos a esos peregrinos y ellos nos ayudaron a ver mejor —Luis Buñuel—, a pensar mejor —José Gaos— a oír mejor —Adolfo Salazar—, a escribir mejor —Emilio Prados, Luis Cernuda— y a concebir mejor la unión de la lengua y de la justicia, de las palabras y los hechos.

A nadie le debo más en este sentido que a mi viejo maestro don Manuel Pedroso, antiguo rector de la Universidad de Sevilla, que para mi generación en la Universidad de México le dio identidad española al estudio del derecho internacional, actualizando entre nosotros la tradición de Suárez y Vitoria, y preparándonos para decir y defender en el continente americano los principios del derecho de gentes: no intervención, autodeterminación, solución pacífica de controversias, convivencia de sistemas.

Estoy seguro de que a él le gustaría saber que lo recuerdo hoy, aquí, en otra gran Universidad, la de Alcalá de Henares, y en presencia suya, señor, pues nadie, como usted, ha hecho tanto para cerrar las heridas históricas y devolvernos, íntegra y generosa, a nuestra España, y nadie, más que Su Majestad la Reina, ha estado tan atenta al cultivo de la relación diaria, humana, gentilísima, entre nuestras dos patrias, España y México.

Gracias, entonces, por darle a mi pasaporte mexicano y manchego el sello de vuestra calidad espiritual.

Ahora abro el pasaporte y leo:

Profesión: escritor, es decir, escudero de Don Quijote.

Y lengua: española, no lengua del imperio, sino lengua de la imaginación, del amor y de la justicia; lengua de Cervantes, lengua de Quijote.

Muchas gracias.

resurrección de mi lucidez,
encarnación de pluma,
ciudad pena,
ciudad hermética,
aventurosa ~~ciudad~~ cilla,
Ciudad lepra, cólera hundida,
ciudad.

Tierra incandescente
Águila sin alas
Serpiente de estrellas

Aquí nos tocó. Qué le vamos
a hacer. En la región más
transparente del aire —

Con Susan Sontag y Juan Goytisolo. Venecia, 1967

De izquierda a derecha: Jomí García Ascot, Alejo Carpentier, Roger Caillois, Carlos Fuentes y Miguel Otero Silva, durante un cóctel en la Casa de las Américas. La Habana, enero 1960

Mantener un lenguaje o sucumbir al silencio

(Entrevista a Carlos Fuentes)

María Victoria Reyzábal

Hacer una entrevista a alguien reconocido genera dos sentimientos contrapuestos. Por una parte, siempre interesa y gratifica el intercambio con quien uno admira; por otra, esa persona, este Carlos Fuentes, como cualquier interrogado inteligente, provoca que cada respuesta motive, aunque se inhiban por restricciones obvias, innumerables nuevos requerimientos.

Las contestaciones de este escritor *universal* son eruditas, complejas, vivas. ¿Desnudan y disfrazan al hombre y al artista? Creo que sí. Después de la lectura sabremos algún detalle más de él, pero también vislumbraremos otras profundidades, otros enigmas que quedan por investigar. Esto resulta inevitable y evidentemente positivo.

Sigo la producción de Fuentes desde hace alrededor de veinticinco años y se me antoja una especie de cosmonauta de la literatura, ansioso de que cada una de sus obras sea un nuevo planeta por crear, descubrir, comprender, confirmar. No todas presentan el mismo brillo, ni la misma accesibilidad, ni siquiera la misma morfología; sin embargo, las relaciona una *fauna y flora* que nos conmueve, nos denuncia, nos condena y nos rescata. Sea México, la cultura indígena, la hispánica, la sajona, el tema político, amoroso, ético, el pasado, el presente o el futuro, la vida o la muerte, la traición o la lealtad supremas, los pobres o los ricos, la identidad o su búsqueda, el progreso o la degradación... su prosa *mira* con múltiples y diferentes lentes e invita al *elector* a que se coloque otras y no únicamente las convencionales. Quizá el arte, esencialmente, funcione como un sutil microscopio/telescopio...

* * *

—*¿Cuáles son sus primeros recuerdos literarios? ¿Incidían en sus juegos o en sus sueños?*

—Un viejo amigo mío, Tito Gerassi, periodista e hijo de un pintor español exiliado, obtuvo el permiso de Jean Paul Sartre para escribir la biografía literaria del escritor francés, hará unos quince años. Mi amigo me dijo que su primera pregunta a Sartre iba a ser la misma que usted me hace a mí: ¿qué leía de niño? Sartre dio las respuestas buscadas, pero mi amigo, criado en los EEUU, no las entendió: ¿Quiénes son estos autores, me preguntó alarmado: Emilio Salgari, Edmundo D'Amicis, Paul Feval? ¿Qué significan estos títulos: *Los Pardaillan, El jorobado Enrique de Lagardère*? Nada cambia tanto como la lectura infantil de un ámbito cultural al otro. Supongo que esto ya no es cierto en nuestra época de uniformidades instantáneas. Todos los niños, de México a Tokio a Londres, viven con los azules *smurfs,* y pocos chicos leen hoy tempranamente. Como yo crecí en dos culturas, la hispanoamericana y la anglosajona, gocé de dos listas de lecturas. *El corsario negro* y *El capitán Sangre; Las tardes de la granja* y las rimas de Mary y su cordero de Dios, de la vieja que vivía en el zapato y de los descalabrados Jack y Jill. Claro, estaban los autores que fertilizaban todas las culturas y realmente nos abrían la imaginación, Stevenson, Julio Verne, Dumas, Mark Twain. Pero para mí lo que escuchaba y lo que veía era tan importante como lo que leía. Creí desde muy temprano en los vasos comunicantes: entre culturas, entre géneros, entre individuos. Lo sigo creyendo; nada se gana con establecer normas de pureza, nacionales o genéricas. Las culturas aisladas no se salvan de la contaminación; sólo se condenan a muerte. Cultura abierta, mutante, contaminada, significa cultura viva. De niño yo leía mucho; también escuchaba mucho, era la década de la radio, no de la televisión, y mi oído está lleno de maravillosas aventuras radiofónicas, pero también de voces que me daban el sonido de la historia. Yo no olvido nunca la voz de Hitler, Roosevelt, Mussolini, Chamberlain o Franco. Primero la voz, precediendo a la imagen o a la presencia, como ocurre con Swan en la primera parte de Proust. La imagen la completaba el cine. Mi infancia era época de noticieros. Escuchaba a Hitler; luego lo veía, gesticulando, rodeado de banderas y brazos levantados. La presencia era una proyección del sonido; la cueva de la imaginación precedía a la luz de la realidad, pero nunca se me ocurrió que ésta pudiese existir sin su sombra aural. El cine, los cómics, la vida popular, la música —jazz, *swing,* rancheras, boleros, tangos— también llenaron mi imaginación infantil. Pero ninguno de estos estímulos era comparable al literario; ninguna imagen, sonido ninguno, superaba mi imaginación de Huck y el negro Jim en el Missisipi, del Doctor Jekyll convirtiéndose en Mr. Hyde, o de Montecristo encerrado en las mazmorras del Château d'If. Pero si quería convertir la lectura en juego, los actos, los desplantes, los movimientos, hasta la música que mis camaradas y yo entonábamos para acompañar nuestras aventuras imaginarias, procedían del cine: la música solía ser de Korngold, un exiliado alemán, discípulo de Schoenberg y autor de la banda musical de *Robin Hood.* La imitación física era, en efecto, la de Errol Flyn, y como mis padres me hacían creer que yo me parecía al espadachín, pues yo muy orondo. Mis hijos, que crecieron en la era de la televisión, primero no querían leer nada. Luego se saturaron de imágenes. Yo, con gran paciencia, en ese periodo, como cierto personaje de Evelyn

Wayd, los forzaba a escucharme leyéndoles, todas las noches, las novelas de Dickens. Primero repelaban y querían correr a *la caja idiota,* como la bautizó mi paisano Carlos Monsiváis. Pero más tarde me di cuenta de que mis hijos Carlos y Natasha, en secreto, repetían escenas de *Copperfield* y *Oliver Twist.* Al cabo, fue la literatura la que se apoderó de su imaginación, no la imagen televisiva.

—*Usted ha viajado siempre mucho. ¿Resulta importante, triste o placentero ese caminar tanto? Antes desde Inglaterra, ahora desde Estados Unidos, nunca deja de dolerse e identificarse con su país. ¿Cuánto tiene usted de hombre universal y cuánto de mexicano?*

—En épocas de desplazamiento mucho más difíciles que la nuestra, los peregrinos de Compostela o Canterbury, los cruzados o los monjes intelectuales viajaron, comparativamente, más que nosotros en nuestros jets y BMWs. Uno de ellos, el monje Hugo de Saint Victor, dijo más o menos lo siguiente: el hombre que se siente perfectamente a gusto sólo en su tierra no es sino un tierno principiante. El que se siente cómodo en todas partes ya es mejor. Pero sólo es perfecto quien se siente un extraño en todos los lugares que visita. Yo pertenezco al segundo grupo. Aún no alcanzo la perfección del monje. Mi tipo de educación, la vida nómada de mis padres diplomáticos, me obligaron a aprender las artes de la adaptación. La cuestión para mí, cuando era niño, era adaptarse o morir. Cambios de escuelas, de amigos, de costumbres, de idiomas. Se pierden algunas cosas; se ganan otras. Yo me siento enriquecido por mi constelación de patrias. México es mi patria no sólo por genética; mi padre era veracruzano, mi madre sinaloense. me siento muy feliz en los dos mares de México, más que en su angustiosa meseta ritual y sacrificial. Lo es, también, por elección, digamos, como los EEUU lo fueron para Kissinger, que llegó a los catorce años, o Francia para Picasso, que llegó a los veintitantos, o para Kundera, que allí va a cumplir mi edad próxima: los sesenta. Unos arrojados por el exilio, otros motivados por la afinidad, todos ejerciendo, digamos, el derecho íntimo: ésta quiero que sea mi patria, éste mi pasado más entrañable, éste el horizonte de mi futuro, donde quiera que me encuentre. Este derecho personal se opone al *diktat* fascista de quienes le imponen o le arrebatan nacionalidades a los demás. El ejemplo más bueno que recuerdo es el del Dr. Goebbels invitando al director de cine Fritz Lang a asumir la jefatura de los estudios UFA y producir películas nazis porque el Führer admiraba *Los nibelungos* de Lang. «Pero Herr Doktor», le contestó Lang, «yo soy judío.» Goebbels contestó: «De ahora en adelante, yo decido quién es judío en Alemania». Con muy buen criterio, Lang escapó esa noche a Francia. Hay doctores Goebbels de todos los tamaños y olores en el mundo actual, dictaminando quién es o no español (¿Juan Goytisolo?), argentino (¿Julio Cortázar?), mexicano (¿Carlos Fuentes?) o checo (¿Milan Kundera?). A estas mezquindades bien conocidas (las soportaron, antes, Henry James o Ivan Turgenev y en mi propio país, más recientemente, Alfonso Reyes y Octavio Paz) hay que contestar con una afirmación que no pide excusas: mi patria es todo lugar donde tengo amigos que quiero. Yo elijo mi patria mexicana y también mi patria francesa, española, norteamericana e inglesa; mis patrias chilena y argentina, donde estuve a punto de quedarme a vivir, tanto me identificaba con ellas de adolescente; o mi patria nicaragüense hoy, donde se repite el *dictum* que acabo de citar: mi verdadera patria es aquella donde encuentro el mayor número de personas que se *asemejan* a mí. Yo calificaría esta cita, cuyo origen no recuerdo en este momento (creo que es de Stendhal) con una reflexión triste y mortal de Alfred de Vigny: «Ama lo que nunca habrás de ver dos veces».

—¿Cuándo empezó a desear ser escritor?

—No sé. ¿Cuándo tuve miedo y quise nombrarlo? ¿Cuándo me di cuenta de la distancia entre lo que yo, mis padres, mis familiares, mis amigos, Hitler en la radio y Hitler en el noticiero, decíamos y éramos y la distancia aún mayor entre esas palabras y la mesa, el micrófono, el árbol, las cosas? Yo creo que se empieza a escribir porque una intuición urgente nos pide que reunamos las palabras y las cosas, todo lo dividido y disperso de este mundo. Pero luego nos damos cuenta de que lograr esa unidad sería la perfección y que la perfección es de mármol, y es muda. Entonces escribimos para mantener la mínima diferencia que nos salve de la perfección. Esa diferencia se llama la literatura y por su herida nos colamos para responderle a la naturaleza que nos expulsó de sus dominios y a la historia que nos sujetó a sus demonios. Entre ambas, la literatura —el arte— nos salva del exilio natural o de la fatalidad histórica. Reflejamos realidad (naturaleza, historia) pero la creamos también (mi naturaleza, mi historia). No sólo reflejamos realidad; la creamos, añadimos una realidad que la realidad antes no tenía: la novela, el poema, el ensayo. Por esa vía, al cabo, aceptamos que es más humano, más creativo, y hasta más humorístico lo que Max Weber llamó el politeísmo de valores, compañeros de un mundo mutante, fragmentado, inorgánico y, acaso, por ello, más libre que la dictatorial exigencia de restaurar la unidad orgánica. La novela, de Don Quijote a Italo Calvino, propone diversidades irreducibles a nueva unidad. Las dictaduras románticas tienen la nostalgia o el sueño de la unidad recobrada. Pero como escribió Adorno, nada nos asegura que una humanidad liberada constituya una totalidad. Nada en este mundo asegura la beata identidad del sujeto y el objeto. En esto, y en muchas otras cosas, acompaño al brillante pensador brasileño Merchior en su búsqueda de los valores de lo plural e inorgánico, contra la dictadura poética de una unidad que, por ser bella y darse en nombre de lo plural, se siente justificada para imponerse, sin tolerancia, a todos.

—¿Aparecen elementos autobiográficos en sus escritos?

—Desde san Agustín, el *yo* confesional ha dominado la narración occidental. Mi amiga, la crítica francesa Hélène Cixous, ha hablado de una des-yoización (de-

Joyce, j'aime Joyce y shame's choice), quizás a partir del «Here Comes Everybody!» con el que se inicia la Vigilia de Finnegan (que quizás es sólo el Virgilio de Finnegan: la conciencia increada de la raza parte de la invocación liminar de *La Eneida*). Pero este nos-otros, esta des-yoización, para no caer en un colectivismo o nacionalismo cualquiera, requiere el gran humor, el juego, las disgresiones de lo que yo llamo la tradición de La Mancha, la tradición impura, lúdica e inclusiva de Cervantes, Sterne y Diderot, que fue interrumpida por la tradición de Waterloo: el triunfo napoleónico del Yo, que va de Julien Sorel a Rodion Raskolnikov y que, para triunfar, tiene que tomarse en serio y decir: —Yo no soy literatura. Yo soy la realidad. Y mi libro es un espejo que se pasea a lo largo de un camino. Pero hasta Sorel, que quisiera volar como el águila napoleónica, hasta Raskolnikov, que para ser Bonaparte sólo puede cometer un crimen inútil, son lectores —electores— que carecerían de razones si no las hubiesen leído primero. Hay, pues, un nos-otros con sonrisa, no con banderas, que recupera hoy la tradición manchega y, al hacerlo, le da a lo colectivo un nuevo sentido, generoso y desafiante: el nos-otros de la novela actual no es un estrecho canon decimonónico (personajes, trama, linearidad) sino un horizonte muy ancho en el que dialogan no sólo *personajes* sino, como quieren Batjin y Broch, civilizaciones, tiempos históricos alejados, clases sociales, figuras aún borrosas y sin definición psicológica, lenguajes. La autobiografía, dentro de este horizonte, es apenas punto de referencia mínimo. Todos formamos parte de nuestra propia subjetividad y de nuestra propia colectividad, pero resulta que ambas son parte de nuestra personalidad. La subjetividad es nuestra, pero la colectividad también. Lo demás es el duro mundo de la materia.

—¿En qué se diferencian las tareas docentes de los escritos de Carlos Fuentes?

—La irracionalidad y el sueño de la creación literaria tiene escaso permiso en el aula. Ésta es un correctivo, una disciplina, una tribuna en muchas ocasiones, y sobre todo la única manera decente que un hombre de mi edad tiene de relacionarse con los jóvenes y escucharlos.

—¿Qué universidad vivió como estudiante y qué universidad vive como profesor?

—El arqueólogo mexicano Ignacio Bernal, que pasó por la cátedra Simón Bolívar de la Universidad de Cambridge, me dijo que ésta era la utopía de un intelectual latinoamericano. La tradición y la creación no se riñen allí, pero sobre todo la libertad, el respeto hacia la soledad, el tiempo y la vida gregaria de quienes componen la comunidad universitaria son muy grandes en Cambridge. Los estudiantes son los mejores que he conocido. En los EEUU, que ha sido mi sede universitaria desde 1977, cuando renuncié al puesto de embajador mexicano en Francia, la Universidad es parte de la sociedad civil independiente y diversificada de la gran democracia norteamericana. Algunos necios en América latina, que no conciben la vida democrática sino como recurso retórico, confunden al gobierno y a las instituciones universitarias en los EEUU, y no conciben que se critique a aquél a partir del discurso en éstas. Hablan de los EEUU como de un monolito oficial. Creen que los EEUU son el Paraguay de Stroesner. Para estos bobos, criticar, por ejemplo, la nefasta política centroamericana de Reagan desde una Universidad es casi un acto de ingratitud. En cambio, en los propios EEUU, la sociedad reclama, para su salud, este ejercicio crítico y esta distinción fundamental: la comunidad no es el gobierno, el gobierno ni identifica ni agota a la sociedad. Verdad difícil para muchos contrarreformistas trasnochados en la vida literaria hispanoamericana. Pero voy al origen de su pregunta. Como estudiante, viví la vida de la Facultad de Derecho de la Universidad de México en los cincuenta. Quizás ninguna otra experiencia me ha marcado más que esta de pertenecer a una generación de compatriotas que compartimos ideas, lecturas y, sobre todo, maestros, muchos de ellos importantísimos, refugiados de la República española. Yo he mantenido una muy estrecha convivencia, a lo largo de los años, con ese grupo central de mi existencia, la generación del Medio Siglo que, con cierta latitud, formé con Víctor Flores Olea, Enrique González Pedrero, Mario Moya Palencia, Porfirio Muñoz Ledo, Xavier Wimer y Salvador Elizondo, entre otros. En 1952 gané el primer premio del concurso de ensayos del IV Centenario de la Facultad de Derecho. Me importa identificarme, por ejemplo, con una idea central de ese ensayo, y ésta es el ideal de un mundo multipolar, liberado de la tutela de sólo dos potencias y dos ideologías. Mi ideal se está convirtiendo en realidad.

—*¿Analiza sus propias obras con los alumnos?*

—Qué bochorno. Aunque ya se sabe que placeres conoce Onán que desconoce Don Juan.

—*¿Cuánto y cómo sigue incidiendo la política en los escritores latinoamericanos actuales?*

—Creo que se han superado simplicidades añejas, debates estériles entre literatura política y literatura artepurista. La novela latinoamericana contemporánea debe su fuerza a que unió dos tradiciones, creando una nueva: la de la preocupación inseparable por el estado del arte y el estado de la ciudad. Por lo demás, todos somos ciudadanos y tenemos derecho a preferencias, solidaridades y errores. Y finalmente, la obra literaria sobrevive la época histórica y las condiciones políticas en que apareció. Nadie lee a Dante para enterarse de la lucha entre güelfos y gibelinos. En literatura, la superestructura es efervescente, móvil, creativa y no es explicable, como señala Jaus, por la lentitud de caracol de los cambios estructurales, económicos y sociales. Toma siglos pasar del feudalismo al capitalismo; toma una noche pasar de Zola a Kafka. Una noche, o lo que es lo mismo, un sueño. La literatura posee efectos sociales sólo cuando es literatura; sin embargo, yo me adhiero a estas palabras de Jaus: «La literatura no sólo preserva la experiencia actual, sino que anticipa las posibilidades aún no realizadas, ensancha los espacios limitados del comportamiento social para incluir nuevos deseos, nuevas expectativas y nuevas metas...».

—La revolución mexicana continúa impregnando la vida social y cultural de su país, ¿cree usted que resulta esclarecedora para el pueblo esta obsesión de los intelectuales?

—Los recientes sucesos políticos en México (elecciones de julio de 1988) demuestran que la dinámica originada por la revolución de 1910 no se ha agotado. Esto en un doble sentido. Las clases modernas de México, y sus aspiraciones, son criaturas de la modernización y el desarrollo revolucionarios. Pero ese desarrollo se obtuvo sin justicia social y sin democracia política. Los mexicanos estamos poniendo al día nuestra agenda en condiciones nuevas. El proceso no ha terminado.

—¿Qué significa ser escritor desde y para Latinoamérica?

—Mantener un lenguaje o sucumbir al silencio.

—¿Existe hoy una literatura latinoamericana con rasgos comunes y propios?

—Estrictamente, no. Somos parte de un área lingüística, la del idioma español, y nos debilitamos si restringimos nuestro territorio a la América española o a la literatura *mexicana, paraguaya* o *española.* Por un lado, ha habido un gran esfuerzo común para integrar lo que estaba separado, en un haz de variedades: la literatura escrita en español. Por el otro, esa literatura en español es parte de una concepción universal de la literatura. Una y otra verdades responden al avasallamiento, puro y simple, del hecho literario por los medios de comunicación modernos. Quienes, tristemente, aíslan y separan, a veces en aras tan sólo de una efímera gloria literaria individual, dañan al conjunto.

—¿Qué autores hispanoamericanos influyen de alguna manera en su obra?

—Todos. Lo digo en serio. Yo me siento parte de un flujo lingüístico que viene de los tiempos prehispánicos y que, si culmina en un Cortázar, un García Márquez o un Vargas Llosa, incluye también a Agustín Lara y al autor de *Mafalda.*

—*¿Por qué le interesan tanto los mitos, la magia, la religión, la cultura prehispánica en general?*

—Son las voces del silencio, como diría Malraux. La lucha de Hispanoamérica, desde la conquista, ha sido una lucha por el nombre, la voz y el pan. ¿Cómo te llamas? ¿Quién es tu papá, quién es tu mamá? ¿Cómo hablas? ¿Hablas por ti mismo? ¿En quién delegas tu voz? ¿A quién le pertenece el fruto de tu trabajo? Estas preguntas no pueden ser contestadas si no escuchamos también las voces de nuestros silencios, que son las de los indios. Ellos son los guardianes, en México, Perú o Guatemala, de todo lo que hemos olvidado. Artaud vio esto con gran claridad y emoción, de manera que no es parte de una fiesta chovinista.

—*¿Influyen de algún modo las otras artes en el entramado de sus obras?*

—Estoy terminando una serie de novelas breves que son ilegibles si no se leen sus textos gráficos: Goya, Velázquez y Zurbarán. Creo en el contagio de lenguas, de cuerpos, de culturas y, naturalmente, de lo que antes se llamaba *alta* y *baja* cultura. Esta distinción un tanto guillermina, o habsburga, o puramente clasemediera (la clase media quiere buscar el arte en el cielo) fue derrotada para siempre por Kafka, que encontró el arte en el subterráneo, en el lodo, en el infierno.

—*¿Cómo se enfrenta a un nuevo libro? Cuando empieza, ¿tiene trazado todo el plan de trabajo o éste va surgiendo paso a paso?*

—Me interesan los libros que son la búsqueda de sí mismos. Cuando esta búsqueda tiene éxito, se convierte en un nuevo inicio; la recompensa es que hemos asistido a nuestra propia gestación y el libro, en estos casos rarísimos —la *Ilíada,* la *Comedia,* el *Quijote*— es el canto de gesta verdadero: el poema cantándose a sí mismo. Faulkner es el gran maestro moderno del libro que es búsqueda del libro. Esto quiere decir que no hay novela sin desplazamiento, o sea, sin riesgo. Lo único intolerable es emplear la fórmula consagrada, la receta que asegure —«personajes», «trama», «linearidad»— la satisfacción del público condicionado, pre-existente. Que chingue a su madre «el público». No hay lector que valga si no es un lector inexistente al ser escrito el libro. Un lector buscado y ganado, en otras palabras. La novela surge en nombre de ese lector potencial. Es, por ello, una novela potencial también.

—Usted ha escrito cuentos, novelas, dramas, guiones cinematográficos, ensayos... pero no se le conocen trabajos líricos. ¿Cuáles son las razones de que no escriba o publique poesía?

—La novela moderna, como monsieur Jourdain, descubrió un día que estaba escribiendo poesía y no lo sabía.

—¿Cómo caracterizaría usted a los héroes *de sus relatos?*

—Como figuras que quisiera sorprender en los momentos de su máxima inseguridad y falta de identificación, como esos tres muchachos de *Terra Nostra,* arrojados a una playa cantábrica sin más seña de identidad que una cruz encarnada en la espalda. Llevado a su extremo —sima y cima—, y esta es la pregunta de Milan Kundera: ¿hay un ser más increíble, menos justificable por la realidad o la psicología, que Don Quijote? Pues esta irrealidad es una de las realidades más poderosas del mundo.

—La ciudad de México parece ser una de sus obsesiones: sobre ella escribe en diferentes novelas; contra ella aman, odian, traicionan, insultan sus personajes, pero ella suele ser protagonista y escenario. ¿Quedan todavía cosas por decir de la capital?

—Claro, puesto que es una ciudad imaginaria. Desde que, muy joven, leí dos textos para mí fundamentales (París: la sinfonía del arranque de *La historia de los trece,* de Balzac; Londres: la apertura en el Támesis de *Nuestro amigo común,* de Dickens) quise para mí un espacio urbano que sirviese de cintura formal a mi idea expansiva, informal, de la literatura. La ciudad de México es mi ciudad imaginaria, la muralla medieval que ciñe mi expansionismo barroco, renacentista. *La Celes-*

tina es mi gran modelo urbano: todo se mueve, pero todo termina en la muerte. Claro, la ciudad de México real ofrece el espectáculo inverso: se expande como un cáncer y sus artistas quisieran darle cintura, forma, esbeltez. Yo prefiero, admitiendo la necesidad real de luchar contra la contaminación, etcétera, mantener esta tensión que a veces desconcierta. Pero a mí lo que me desconcierta es que, en mi vida solamente, la ciudad de México haya crecido de medio millón a diecinueve millones de habitantes. En ese fenómeno caben todas las imaginaciones. Estoy seguro de que la ciudad de Moctezuma vive latente, en conflicto y confusión perpetuas, con las ciudades de Virrey Mendoza, de la Emperatriz Carlota, de Porfirio Díaz, de Uruchurtu y del terremoto del año 85. ¿A quién, ciudadano o escritor, puede pedírsele una sola versión, ortodoxa, de este espectro urbano?

—*Ya en su primera obra,* Los días enmascarados, *busca los vasos comunicantes entre la cultura española y la indígena, ¿piensa que estos dos mundos siguen enfrentados?*

—México, como toda América ibérica, forma parte de una civilización multirracial y policultural. No podemos sacrificar ninguno de sus componentes: europeo, indígena, negro, al cabo mestizo. México será un país maduro el día que haya una estatua a Hernán Cortés en el paseo de la Reforma. Pero culturalmente, no nos paralizamos en la conquista. Hemos sido, desde 1521, protagonistas de lo que Lezama Lima llamó la contraconquista: la creación de un mundo hispanoamericano.

—*En* La cabeza de la hidra, *por ejemplo, parece dudar del* progreso *que acarrea cierto tipo de* progresos. *¿Cuál sería su propuesta?*

—Ha habido, ciertamente, una crisis de la noción un tanto beata de progreso glorificada por el siglo XVIII. El optimismo de Condorcet terminó en Auschwitz y el Gulag. Y es que la eliminación de la conciencia trágica no aseguró una historia feliz, sino una historia criminal. La visión trágica mantiene el equilibrio entre valores en conflicto: Antígona, que defiende los derechos de la familia, tiene tanta razón como Creón, que defiende los derechos de la ciudad. Cuando sólo una parte tiene razón, caemos en el maniqueísmo, que en literatura se expresa como melodrama (en la serie *Dinastía,* Krystel es buena y Alexis es mala; en la épica del Oeste, el sombrero negro se identifica con el mal, el sombrero blanco con el bien) y en política como exterminio: negro, judío, palestino, comunista. La tragedia aplaza la identificación porque requiere tiempo para transformar la catarsis en conocimiento. El melodrama maniqueo la precipita: buenos y malos instantáneos. La tragedia de la historia moderna ha sido la ausencia de tragedia. Restaurar la visión trágica ha sido el empeño, sobre todo, de algunos novelistas: Kafka, Broch, Faulkner, Beckett. El sustrato crítico es que el progreso ha dejado de progresar. Esta idea, que se ha manifestado activamente en movimientos como los del año sesenta y ocho, afecta adversamente a las dos ortodoxias de nuestro tiempo: la capitalista-burocrática y la marxista-burocrática. La crítica del progreso apunta hacia una tercera posibilidad, apenas tocada, y ésta es la autogestión obrera. ¿Pueden la evolución del capitalismo por la vía socialdemócrata, o la evolución del comunismo por la vía de la perestroika, conducir a una sociedad libre en la que los trabajadores se gobiernen a sí mismos? Eso está por verse.

—*Para algunos críticos,* Terra Nostra *es su novela maestra. ¿Está usted de acuerdo? ¿Con cuál se identifica usted más?*

—Como dice el dicho, o todos hijos o todos entenados. Una vez, Gabriel García Márquez dijo que en Hispanoamérica estábamos escribiendo una sola novela, con diversos capítulos: el capítulo cubano de Carpentier, el capítulo chileno de Donoso, el argentino de Cortázar, el uruguayo de Onetti, etc. Similarmente, yo siempre he visto cada una de mis novelas como parte inseparable de un conjunto. Ese conjunto se titula *La edad del tiempo* y próximamente comenzará a aparecer en el orden temático, estructural y hasta cronológico, que le otorga sentido a la serie. *Terra Nostra* es uno de los títulos de ese conjunto.

—Usted ha manifestado en otras oportunidades su simpatía por Artemio Cruz. ¿Considera que en todo país hay muchos Artemios y que ello resulta inevitable?

—Hay dos pronósticos sobre el destino de la subjetividad. Uno es de Sartre: debemos ofrecer nuestra subjetividad como transparencia. El otro, de Barthes: debemos ofrecerla como enigma. Artemio Cruz se sitúa entre el enigma y la transparencia. Por eso me interesa. Su novela es como su vida: las elecciones que descarta son parte de las que asume. Hablando del ajedrez, Jacob Bronowski escribió algo similar: «Las movidas que prevemos y probamos en la mente y descartamos pertenecen a la partida tanto como las jugadas que efectuamos». Este es el principio de composición de *La muerte de Artemio Cruz*. Mi amigo, el crítico inglés Steven Boldy, lo llama «el chingón arquetípico» y en este sentido pertenece, en efecto, a la familia del Barón de Nucingen y el Ciudadano Kane. Pero el propio Boldy propone una asimilación más audaz y, acaso, más inconsciente de mi parte. Boldy llama la atención sobre la similitud fonética Hernán Cortés-Artemio Cruz. Las carreras de ambos comienzan en Veracruz. Barrenan las naves de su pasado. Violan a Marina-Regian. Someten a Bernal-Moctezuma. Y se casan con Catarinas. Le juro que a mí nunca se me ocurrió esto, pero voy a creer desde ahora en estructuras automáticas y desplazamientos freudianos del trabajo onírico al trabajo material. Claro, Cruz o Cortés, Cara o Cruz, lo Cortés no quita lo Cuauhtémoc, etcétera, y tanto Boldy en Inglaterra como yo en México estamos tratando de leer textos que nos despierten de la pesadilla de la historia. El novelista es el Dédalo que ha despertado.

—En la mayoría de sus personajes hay una búsqueda de la identidad; quizá quien mejor lo patentiza sea Arroyo en Gringo viejo. *¿En qué medida este sentimiento le preocupa también a usted?*

—La identidad es para mí una ambigüedad. Pascal

hace que Dios le diga estas palabras al hombre de fe: «Si no me hubieras encontrado, no me buscarías». A veces buscamos la identidad con fervor porque no queremos admitir que ya la poseemos. Pero admitir esto es, en cierto modo, empezar a perderla. Kundera dice que al morir no perdemos el futuro, sino el pasado. Hay países, como los EEUU, que se han construido perdiendo el pasado para no tener más desafío que el futuro. Pero cuando el futuro deja de sonreír, el pasado se manifiesta nuevamente. La historia que los EEUU asimilaron, por ejemplo, es sólo su historia blanca. Cuando el futuro se vuelve crítico, el pasado que reaparece es el pasado-no-escrito: indio, negro e hispánico. Nosotros, en Hispanoamérica, sufrimos de una carga inversa: un pasado con demasiados problemas que esperan solución desde hace mil años, problemas básicos de salud, trabajo y educación, un pasado angustioso y vivo, frente a un futuro incierto. Nuestros grandes artistas han radicado el problema en el presente, que es donde recordamos el pasado y deseamos el futuro. Más que nunca, hoy debemos radicarnos en el presente para tener tanto futuro como pasado. La linearidad clásica, las unidades de tiempo, el tiempo como flecha disparada al futuro (la dirección de la modernidad) frustra y empobrece este proyecto. Nuestra literatura es importante porque nos recuerda constantemente que lo que nos falta por escribir (es decir, por identificar) incluye no sólo al futuro sino al pasado. El escritor mantiene la novedad del pasado, no sólo la del porvenir. Borges nos enseñó que lo no escrito incluye el pasado. Todas estas son armas para enfrentar los desafíos de la ultramodernidad que se nos viene encima: interdependencia económica, revoluciones tecnológicas, instantaneidad de las comunicaciones. Estos hechos no le piden permiso a nadie para entrar a nuestras casas e instalarse en ellas. Son hechos impacientes. No nos van a preguntar: ¿Ya sabes cuál es tu identidad?, antes de imponer la suya. Sugiero que seamos irónicos al respecto: juguemos a que seguimos buscando nuestra identidad, a sabiendas de que la tenemos, pero que esa posesión es un problema y un enigma. En el interior de nuestras culturas debemos elaborar incesantemente la inmensa riqueza de nuestra tradición, y en el orden externo pedir y obtener, como Scherezada, un día más para aplazar, desplazar y contar una nueva historia. Yo le guiño el ojo a Hegel: América es un Todavía No. O, como escribo en *Terra Nostra,* un *Nondum.*

—*Para muchos de sus lectores más atentos en* Cristóbal Nonato *se manifiesta su escepticismo, su definitiva desesperanza, ¿está usted de acuerdo o piensa, por el contrario, que su mensaje propone la posibilidad de un segundo descubrimiento para la comunidad hispánica? ¿Qué le ha quitado esta novela al hombre y qué le ha brindado al escritor?*

—Yo confío en que *Cristóbal Nonato* sea leído como un exorcismo más que como una profecía. Hace poco, en los cursos de verano de El Escorial, la crítica española Marta Portal hacía notar que Cristóbal Nonato, igual que Artemio Cruz, termina en un nuevo alumbramiento. Nacimiento y muerte. En *Terra Nostra* los dos actos, contrapunteados en Cruz y Cristóbal, se vuelven uno solo: la autofecundación del andrógino. Pero contesto a la pregunta: sólo el silencio es la desesperanza. El silencio es pesimista. La voz que se deja escuchar es optimista: la crítica imagina un mundo mejor, construido, a veces, sobre las ruinas del anterior. Walter Benjamin, en una de las páginas magistrales de nuestro tiempo, nos hizo ver que sólo la ruina es perfecta: es la declaración final del objeto. *Cristóbal Nonato* no es un libro total. En él, simplemente, aspiro a escribir lo parcial para contestar a lo incompleto.

—*¿Es la literatura la encargada de recuperar-inventar la memoria que los hombres pierden al nacer?*

—*Cristóbal Nonato* propone y dramatiza esta posibilidad. Es algo que ha preocupado a todos los escritores. Severo Sarduy nos dice que la poesía sirve para rememorar lo íntimo. Calvino quiere enfrentarse en cada línea a la parte huérfana de nuestra existencia que necesita ser escrita. El pasado es la novedad en el *Pierre*

Menard de Borges. Y para Artur Lundkvist, en su excepcional memoria de su propia muerte, «el lector nunca está solo... sino en el centro de un misterio sin fondo, sin tener verdadera conciencia de ello». En *What Maisie Knew* Henry James expresa lo mismo de una manera narrativa excepcional. Habla de dos personajes que, sentados lado a lado, admiten un «pasaje mudo» entre la visión que el segundo tiene de la visión del primero, y la que cada uno tiene de la visión de su visión por el otro. Sí, estamos re-inventando una memoria, o, como dije antes, otorgándole tiempo a la experiencia para que madure en conocimiento. Pero como en literatura el nombre del conocimiento es imaginación, el proceso es inacabable. Esto es una garantía de la continuidad de la vida, aunque la muerte sea inevitable.

—*Si no existiera la lengua, ¿qué hubiera hecho usted para manifestar todo lo que necesita decir?*

—Envidio mucho a mi hijo de quince años, Carlos, que hace muy bien todo lo que yo quise hacer y no pude: pintar, filmar y escribir poesía. Pero yo también hice lo que mi padre, abogado y diplomático, hubiese querido hacer. Una cadena de «cristobalooones», como diría mi amigo Julián Ríos.

—*¿Se siente bien comentado por la crítica?*

—Como el origen de la ficción es múltiple, la respuesta crítica también debe serlo. Sólo los muertos, se dice, merecen respeto unánime. No estoy de acuerdo; yo con mucho gusto iría a escupir sobre ciertas tumbas, pasadas o futuras. Mientras tanto, bienvenido el sol y bienvenidas las borrascas.

—*¿Qué manías tiene Carlos Fuentes?*

—Pregúntele a mi esposa y a mis hijos.

—*Y, ¿qué devociones?*

—Pregúntele a mis amigos.

—*Para terminar, ¿en qué proyecto literario está trabajando actualmente?*

—Terminé este verano, en Ronda y protegido por la hospitalidad de mis amigos Soledad Becerril y Rafael Atienza, una serie de cinco novelas breves, *Constancia y otras novelas para vírgenes.* Son historias autónomas pero relacionadas entre sí, no sólo temáticamente, sino a veces cromáticamente o en virtud de ecos, sonoramente. Quiero decir que es un libro que le debe mucho a mi re-encuentro con España, con la lengua, con la sensualidad, con la amistad y con la lectura españolas, además de los escritores españoles actuales como Ríos, Goytisolo, Guelbenzu o Muñoz Molina, con la relectura de sus poetas más vigentes, como Valente y Gil de Biedma, y con el redescubrimiento de sus grandes maestros vivos, Alberti, Rosa Chacel, Ayala, María Zambrano. Todo este universo, pero sobre todo el que mis amigos españoles me brindan cotidianamente, ha sido para mí un aliciente y una celebración en este último año.

* * *

Así, con estas palabras, se nos ha des-velado el nuevo «Cervantes».

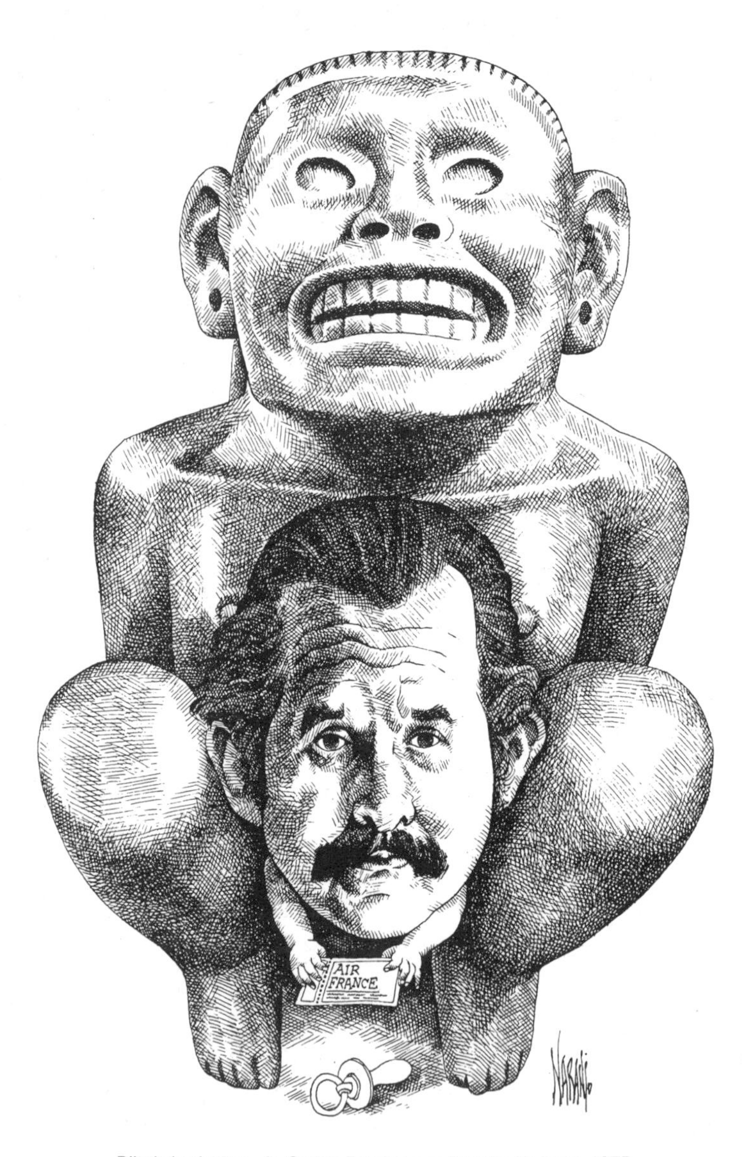

Dibujo/caricatura de Carlos Fuentes por Rogelio Naranjo. 1975

Carlos Fuentes o la conciencia del lenguaje

Teódosio Fernández

En 1969, en *La nueva novela hispanoamericana,* Carlos Fuentes reunía algunas reflexiones personales sobre la narrativa reciente de los países de habla española. En los textos de Jorge Luis Borges, de Mario Vargas Llosas, de Alejo Carpentier, de Julio Cortázar y de Gabriel García Márquez (Juan Goytisolo servía apenas para mostrar la aparición de inquietudes también renovadoras al otro lado del Atlántico), observaba la desaparición de las maneras que habían predominado a lo largo de más de un siglo, y que ahora —por contraposición— dejaban bien patentes sus debilidades: al hacer dominante la presencia inhumana de una naturaleza implacable, los escritores hispanoamericanos del pasado habían producido una novela «más cercana a la geografía que a la literatura»; al servicio del documento y de la protesta, habían planteado con simplicidad maniquea los problemas políticos y sociales, de manera que «al lado de la naturaleza devoradora, la novela hispanoamericana crea su segundo arquetipo, el dictador a la escala nacional o regional. El tercero sólo podía ser la masa explotada que sufría los rigores tanto de la naturaleza impenetrable como del cacique sanguinario».[1] Ajenos a ese *simplismo épico,* los nuevos narradores llevaban hasta sus últimas consecuencias la ambigüedad que apenas habían anticipado los novelistas de la Revolución mexicana, forzados entonces por el tumulto revolucionario que había hecho evidentes tanto la inestabilidad de la sociedad y de sus clases como la complejidad de las psicologías;[2] conscientes de los perfiles borrosos de valores y conductas, los escritores descubrían ahora la incapacidad del lenguaje narrativo heredado para acercarse a una realidad con caracteres nuevos, resultado de un desmesurado crecimiento urbano, de la configuración de un ámbito subindustrial complejo, contradictorio, manifestación a la vez de modernización y de dependencia. La renovación de los procedimientos narrativos era la respuesta necesaria de la literatura a los problemas que planteaba una realidad en transformación continua, y que descubría niveles cada vez más profundos. Con esa renovación (superación y negación del realismo) el lenguaje adquiría además un protagonismo inusitado: se mostraba capaz de condicionar nuestra experiencia de la realidad, de modo que transformar el lenguaje equivalía a transformar la realidad, pues ésta no es sino nuestra experiencia de la misma. La tarea de los nuevos novelistas encontraba así su significado verdadero y trascendental: a la vez que dejaban de lado procedimientos envejecidos o inútiles, releían la tradición literaria propia, la reescribían críticamente y desmantelaban los viejos esquemas de índole política, geográfica, étnica, cultural o estrictamente literaria, culpables generalmente de sumisión a los dictámenes de las metrópolis culturales, económicas o políticas, y de ignorar la verdadera realidad americana. Conquistar un lenguaje significaba terminar con el que había falseado la historia y había justificado la dependencia. En consecuencia, el escritor cumplía una función revolucionaria, y a la vez —puesto que adquirir un lenguaje propio era fundarla— contribuía a conquistar por fin una identidad para Latinoamérica. Paradójicamente, eso iba a dotar a sus obras de una validez universal, garantizada por el trasfondo mítico con que habían sabido enriquecerlas, y también por la omnipresencia de los planteamientos que cuestionaban la relación entre el lenguaje y la realidad, en un mundo del que habrían desaparecido los ejes culturales de antaño.

Con esas observaciones y con otras que tendremos ocasión de recordar, Carlos Fuentes dotaba de fundamentos teóricos a la nueva novela hispanoamericana: la mostraba coherente, tal vez la inventaba. Sin embargo, como otros escritores que trataron por entonces de definir aquel inusitado fenómeno literario de los años sesenta (Carpentier, por ejemplo), el novelista mexicano hablaba sobre todo de sí mismo, y esas reflexiones constituyen la mejor explicación de sus propios relatos. Para 1969 tenía ya tras de sí una obra abundante, que había iniciado con los cuentos de *Los días enmascarados* (1954) y con *La región más transparente* (1959). El éxito estrepitoso de esta novela inauguró tal vez el «boom» de la nueva narrativa. Con sorpresa, José Donoso pudo encontrar en ella, años más tarde, la estética «más amplia» que lo arrancaría de su «estética casera», y se sintió deslumbrado por «su *no* aceptación literaria de una realidad mexicana unívoca», y por «su rechazo —y su utilización literaria— de lo espurio, de las apariencias»:[3] esas eran, entre otras, las peculiaridades que Fuentes atribuía a la nueva narrativa. El novelista mexicano había encontrado un nuevo lenguaje para su indagación en la sociedad mexicana y en la historia de México, y había logrado que esa indagación quedase plenamente integrada en un discurso recargado y barroco, que transgredía todas las normas habituales del quehacer narrativo. Como Donoso acertó a resumir, esa novela

> proponía una cosmovisión que abarcaba todas las clases sociales, el panorama mexicano en su presente y su pasado y sus mitos y sus luchas, su actualidad nacida de la pugna de lo español con lo indio, de lo mestizo con lo yanqui, del cura católico vestido de negro con los esplendorosos sacerdotes de las viejas religiones sangrientas, era la antropología y el conoci-

> miento de la política de ayer y de hoy examinando la supervivencia de las trescientas sesenta y cinco iglesias de Cholula construidas sobre trescientos sesenta y cinco santuarios aztecas, y sus relaciones con la música popular y con el colorido, las razas, las revoluciones, la agricultura, los héroes, los traidores... síntesis hecha, no como hasta ahora, *antes* de que el escritor se pusiera a escribir, sino sobre la inmediatez de la página misma; lo incluía todo en un fresco abigarrado que muchas veces parecía inconexo porque no obedecía a las aceptadas leyes de la composición.[4]

Las opiniones sobre esa «novela total» no han sido siempre tan favorables y comprensivas, pero hoy es imposible no advertir que abría rumbos nuevos, especialmente con su consciente transgresión de las normas del género. Con los libros que siguieron, Carlos Fuentes nunca dejaría de sorprender: pareció acomodarse a las maneras del realismo tradicional en *Las buenas conciencias* (1959), y luego en la mayoría de los cuentos de *Cantar de ciegos* (1964), mientras que en *Aura* (1962) o *Cumpleaños* (1969) derivaba hacia un género fantástico o de misterio que ya había cultivado con algunos de sus cuentos iniciales; en *La muerte de Artemio Cruz* (1962), sin duda su mayor éxito de crítica y de público, conjugaba con acierto una técnica narrativa novedosa con la revisión crítica y profunda de los logros de la Revolución mexicana; en *Zona sagrada* (1967) trató de integrar en un complejo relato sus indagaciones sobre el mito; con *Cambio de piel* (1967) exigía la paciente colaboración del lector que había de adentrarse en una compleja sucesión de incidentes ambiguos en los que intervenían personalidades cambiantes... Su narrativa constituía una investigación incansable, empeñado en agregar sin descanso nuevos territorios a la literatura.

No son fáciles de determinar los principios y las preocupaciones que guiaron los distintos momentos de tan prolongado quehacer literario. Sin duda, una doble búsqueda se manifiesta tempranamente en ese quehacer y lo condiciona: se trataba de penetrar en la identidad nacional, y de conseguir la técnica y el lenguaje que permitiesen hacerlo. En el primer aspecto Fuentes era apenas uno más en la para entonces ya larga lista de interesados en la filosofía de lo mexicano, que se había concretado en obras tan significativas como *El perfil del hombre y de la cultura en México* (1934), de Samuel Ramos, o como *El laberinto de la soledad* (1950), el célebre ensayo en el que Octavio Paz había declarado a los mexicanos parte integrante de la comunidad universal de los hombres. Fuentes recogería ese legado para trasladarlo a la narrativa, y fue al emprender la tarea de describir la realidad nacional cuando descubrió de inmediato las carencias de una tradición literaria que había ignorado las transformaciones sufridas por México en los últimos tiempos. En sus lecturas de autores europeos y norteamericanos encontró los recursos técnicos que necesitaba para superar las limitaciones de la novela de la Revolución, y con ellos pudo ofrecer una visión profunda de ese México contemporáneo: una visión que revelaba el auténtico rostro del país, marcado por la corrupción o la pérdida de los ideales revolucionarios. *La región más transparente* y *La muerte de Artemio Cruz* fueron los mejores resultados de ese proyecto crítico, que llevaba aparejado el de la transformación de la novela, el de la modernización de un género al que Fuentes, como otros escritores hispanoamericanos de su época, incorporaba rápidamente los últimos hallazgos de la narrativa occidental.

Antes, después o durante el proceso de la escritura de esas novelas, Fuentes había de ir más lejos en sus planteamientos: adquirió conciencia de que la experiencia de la realidad estaba condicionada por el lenguaje, y concluyó necesariamente que la renovación de la narrativa —revisión crítica de la tradición literaria mexicana, observación del pasado histórico y del presente desde perspectivas inéditas que permitieran profundizar en la esencia nacional— equivalía a la adquisición de un nuevo lenguaje, de un lenguaje propio sobre el que constituir una identidad propia. Las primeras novelas de Fuentes (incluso *Las buenas conciencias*) presuponen o declaran esa convicción, que en *La nueva novela hispanoamericana* se ha convertido ya en una teoría del lenguaje y de la novela destinada a dotar de coherencia a los esfuerzos dispersos de los narradores más destacados. Probablemente alguno de ellos compartió alguna vez los criterios de su colega mexicano —al menos después de leer *La nueva novela hispanoamericana*—, pero no se necesita demasiada familiaridad con los textos de Borges, de Carpentier, de Cortázar, de Vargas Llosa o de García Márquez, para advertir la gran diversidad de los presupuestos (o poéticas) que determinan la obra de cada uno. Lo indudable, lo que el lector de las novelas de Fuentes puede constatar de inmediato, es que su ensayo declara y precisa las preocupaciones que habían regido la construcción de sus relatos: ésas, obsesivamente, se habían centrado en la consecución de una auténtica identidad por medio de la conquista de un lenguaje propio, una vez que hubo comprobado —o decidido— que México e Hispanoamérica carecían de lenguaje y de identidad. «Nuestro lenguaje —explicó— ha sido el producto de una conquista y de una colonización ininterrumpidas; conquista y colonización cuyo lenguaje revelaba un orden jerárquico y opresor» (N, 31). Y aún pudo ser más explícito:

> El lenguaje renacentista de la conquista oculta el meollo medieval de la empresa colonizadora, como el de las Leyes de Indias el de la Encomienda. El lenguaje iluminista de la Independencia esconde la permanencia feudal, y el lenguaje positivista del liberalismo decimonónico la entrega al imperialismo financiero. El lenguaje «liberal» de la Alianza para el Progreso, en fin, disfraza la reestructuración de América latina de acuerdo con las modalidades de servidumbre que exigen las sociedades neocapitalistas. No es necesario hablar de México: el lenguaje de la revolución disimula las realidades de la contrarrevolución. Pero en todos los casos, el origen de la superchería es el mismo: un concepto del mundo como orden verti-

> cal, jerárquico, de opciones y sanciones de tipo religioso trasladadas impunemente a la vida social e intelectual [N, 93].

Liberarse de ese falso lenguaje equivalía a terminar con ese orden vertical, jerárquico, opresor. La labor de los nuevos narradores adquiría así una dimensión social revolucionaria que Fuentes no dudó en atribuirles: la renovación operada —la que se había concretado en *Paradiso,* en *Rayuela,* en *Tres tristes tigres* y en otras novelas de esos años, incluidas las suyas— tenía una profunda significación, era la manifestación de un nuevo compromiso del escritor con su entorno.

> La vieja obligación de la denuncia —aseguraba Fuentes— se convierte en una elaboración mucho más ardua: la elaboración crítica de todo lo no dicho en nuestra larga historia de mentiras, silencios, retóricas y complicidades académicas. Inventar un lenguaje es decir todo lo que la historia ha callado. Continente de textos sagrados, Latinoamérica se siente urgida de una profanación que da voz a cuatro siglos de lenguaje secuestrado, marginal, desconocido. Esa resurrección del lenguaje perdido exige una diversidad de exploraciones verbales que, hoy por hoy, es uno de los signos de salud de la novela latinoamericana [N, 30].

Y no sólo de la recuperación del pasado perdido se ocupaba esa novela, también desempeñaba una función transformadora de la sociedad en el presente y para el futuro:

> Nuestra literatura —concluía— es verdaderamente revolucionaria en cuanto le niega al orden establecido el léxico que este quisiera y le opone el lenguaje de la alarma, la renovación, el desorden y el humor. El lenguaje, en suma, de la ambigüedad: de la pluralidad de significados, de la constelación de alusiones: de la apertura [N, 32].

Desde esa perspectiva que él mismo señaló, las novelas de Fuentes constituirían un nuevo y vasto territorio verbal, ganado contra un lenguaje que el hombre hispanoamericano siempre habría sentido como ajeno, como el lenguaje de los conquistadores, de los señores o de las academias. En ese territorio, sobre ese nuevo lenguaje recuperado por la nueva novela, se constituiría por fin la identidad americana. Ese era el significado último de la narrativa hispanoamericana contemporánea, y lo que la distinguía de cualquier otra empresa renovadora, incluso de la que en la literatura española podría desarrollar por entonces Juan Goytisolo: un escritor peninsular podía destruir un lenguaje viejo, convertirlo en un desafío o en una exploración, pero no necesitaba labrarse con ello una identidad. Fuentes se lo imaginaba seguro de poseerla.

Sin duda, son estas inquietudes las que determinan las primeras obras de Fuentes, y son particularmente evidentes en *La región más transparente* y en *La muerte de Artemio Cruz,* que son también las novelas especialmente dedicadas a reescribir la historia de México (del México posrevolucionario, sobre todo). En ellas se conjugaba —y el autor era consciente de ello— una pretensión moral (que no moralizante) con otra de orden estético, la invención revolucionaria de la identidad y una renovación de los procedimientos que hiciese de la novela latinoamericana una manifestación artística comparable a la que podían ofrecer Europa y los Estados Unidos de Norteamérica. De algún modo eso equivalía a plantear de nuevo el viejo dilema entre Europa y Latinoamérica, entre la civilización y la barbarie, entre el alcance universal soñado para la nueva novela y el logro de una auténtica expresión literaria hispanoamericana. Si Fuentes había conseguido borrar las fronteras entre las preocupaciones sociales y las estéticas, si había interpretado la transgresión del lenguaje narrativo tradicional como un atentado contra el orden social injusto, también sería capaz de conciliar esa otra contradicción aparente, y esta vez le fue especialmente útil la concepción positiva de los mitos (del pensamiento mítico) que la cultura de Occidente elaboraba al menos desde principios de siglo: cuando se penetra en los estratos profundos de lo real (más allá de la realidad aparente), inevitablemente se produce el encuentro con algo que es ajeno al espacio y al tiempo, con estructuras o arquetipos que ignoran las peculiaridades de los países y de los hombres. Si la literatura es equiparable a los sueños (Jung *dixit*), la literatura debe sacar a la luz ese inconsciente colectivo, común a toda la humanidad, y eso ha hecho a través de los siglos. Fuentes (y no fue el único) llegó más lejos, transformó la fatalidad en un programa: entendió que el aprovechamiento de los mitos era una posibilidad de enriquecimiento de la literatura, y buscó en sus lecturas ejemplos que confirmaran esa posibilidad. Así, refiriéndose a William Faulkner, Malcolm Lowry, Hermann Broch y William Golding, advirtió cómo

> todos ellos regresaron a las raíces poéticas de la literatura y por medio del lenguaje y de la estructura, y ya no merced a la intriga y la psicología, crearon una convención representativa de la realidad que pretende ser totalizante en cuanto inventa una segunda realidad, una realidad paralela, finalmente un espacio para *lo real,* mediante la mitad oculta, pero no por ello menos verdadera, de la vida, como el significado y la unidad del tiempo disperso [N, 19].

No le faltaron tampoco los ejemplos próximos y útiles:

> No sé si se ha advertido —observó— el uso sutil que Rulfo hace de los grandes mitos universales en *Pedro Páramo.* Su arte es tal que la trasposición no es tal: la imaginación mítica renace en el suelo mexicano y cobra, por fortuna, un vuelo sin prestigio. Pero ese joven Telémaco que inicia la contraodisea en busca de su padre perdido, ese arriero que lleva a Juan Preciado a la otra orilla, la muerta, de un río de polvo,

> esa voz de la madre y amante, Yocasta-Eurídice, que conduce al hijo y amante, Edipo-Orfeo, por los caminos del infierno, esa pareja de hermanos edénicos y adánicos que duermen juntos en el lodo de la creación para iniciar otra vez la generación humana en el desierto de Comala, esas viejas virgilianas —Eduvigis, Damiana, la Cuarraca—, fantasmas de fantasmas, fantasmas que contemplan sus propios fantasmas, esa Susana San Juan, Electra al revés, el propio Pedro Páramo, Ulises de piedra y barro... todo ese trasfondo mítico permite a Juan Rulfo proyectar la ambigüedad humana de un cacique, sus mujeres, sus pistoleros y sus víctimas y, por medio de ellos, incorporar la temática del campo y la revolución mexicanos a un contexto universal [N, 16].

Esta última cita es tan prolongada como significativa: ilustra sobre el procedimiento seguido en no pocas lecturas *míticas* que han proliferado en torno a la narrativa hispanoamericana. El descubrimiento de ingredientes míticos en una novela ha podido explicar su alcance universal sin perjuicio de su condición americana, e incluso —al menos desde que Carpentier difundió su teoría de Latinoamérica como ámbito de lo real maravilloso, espacio mítico por excelencia— como garantía de esa condición. Para el novelista contemporáneo la inclusión de esos ingredientes parecía asegurar a la vez el americanismo y la universalidad, y no fueron pocos los que recurrieron a ellos. Carlos Fuentes, siempre al tanto de cualquier hallazgo y responsable voluntario de su difusión, también apeló a esa posibilidad de enriquecer los relatos, bien para evitar las convenciones espaciotemporales de la narrativa tradicional, bien para dotar a personajes y sucesos de una dimensión profunda o simbólica. Alguna vez supeditó plenamente la construcción de la novela a esa voluntad mítica, a la pretensión (declarada) de establecer «el lugar que es todos los lugares y en el que tiene su sede el mito»,[5] y el mejor ejemplo es, sin duda, *Zona sagrada*. Conviene advertir, por otra parte, que pretendía ir más allá de la utilización de elementos de la mitología universal sobre los que construir un relato. En fragmentos suyos antes citados, Fuentes se refería a un lenguaje secuestrado, marginal, desconocido, a un lenguaje perdido que había que recuperar, y también a una realidad oculta que podía instalarse en los espacios creados por la literatura. También entendió la nueva novela hispanoamericana

> como un nuevo impulso de fundación, como un regreso al acto de la génesis para redimir las culpas de la violación original, de la bastardía: la conquista de la América española fue un gigantesco atropello, un fusilico[6] descomunal que pobló el continente de fusiloquitos, de siete leches, de hijos de la chingada [N, 45 y 46].

Sin entrar en consideraciones sobre esa visión de la conquista —que por lo menos hasta los años setenta es la de Fuentes, y refleja la difícil asunción del mestizaje cultural y étnico de México—, es evidente que una idea subyace en esa pretensión de rescatar *otra* realidad o de regresar al origen: el lenguaje que se pretende anular es el de la historia, el del tiempo sucesivo y lineal en que se había desarrollado la dolorosa historia de Latinoamérica. Para anular esa historia o para penetrar en sus secretos —en la realidad profunda que determina las pautas de comportamiento del ser mexicano— es preciso rescatar los lenguajes que, como el del mito, han estado al margen de la historia, en un tiempo sin tiempo que es también el de la identidad mexicana. La conquista de un lenguaje americano, en consecuencia, venía a significar el rechazo de la tradición racionalista europea y la instauración de una cosmovisión mítica: la auténticamente americana, como había dictaminado Alejo Carpentier.

De las reflexiones ya comentadas sobre el lenguaje y el mito —que no es sino otro lenguaje—, Fuentes pudo derivar sin dificultades hacia otras consideraciones: si modificar el lenguaje es modificar la realidad (o cuando menos la experiencia de la misma), no es difícil concluir que la realidad es un hecho de lenguaje. Más asombroso es suponer —y es apenas una consecuencia de los planteamientos anteriores— que el escritor es a la vez sujeto y objeto del lenguaje, creador de lenguaje y creación de las estructuras lingüísticas. Fuentes obtuvo esa revelación mientras leía *Morirás lejos,* la novela de José Emilio Pacheco

> que suma dos instancias centrales-excéntricas de la historia —la destrucción de Jerusalén por las legiones romanas de Tito y el exterminio de los judíos en los campos de concentración nazis— en una instancia personal de misterio: la de un posible narrador, posiblemente situado en la banca de una plaza pública en la ciudad de México, que posiblemente piense aquellos eventos o, posiblemente, es pensado por ellos [N, 33 y 34].

Esa idea se fecunda con otras: somos apenas en la medida en que el lenguaje nos crea, y también en la medida en que por medio de nosotros se manifiestan los *ritos* sociales —el rito del amor, el de la justicia, el de los celos— y el inconsciente colectivo; somos vividos por el lenguaje, por los ritos, por los mitos, por una dimensión en que se anulan las contradicciones y diferencias, donde cada uno es todos y todos los tiempos son el tiempo. La intuición de esa realidad secreta que nos vive y nos anula inspiró tal vez *Aura* y *Cumpleaños,* esos relatos de oscuro terror que se acercan a los misterios del tiempo y de la personalidad. Quizá tuvo que ver también con los sueños y recuerdos que intercambian los extraños personajes de *Cambio de piel.*

En cualquier caso, la última novela mencionada es también una reflexión sobre la historia reciente y sobre los problemas de la creación literaria, y sobre todo es la respuesta narrativa a otro descubrimiento directamente relacionado con la concepción verbal de la realidad: el de la condición ficticia de la ficción. «Todo lenguaje

—escribe Fuentes, a propósito de Carpentier— es una representación, pero el lenguaje de la literatura es una representación que se representa» (N, 56). Esa afirmación declara ya en ese momento la preferencia por una tradición novelesca (la de Cervantes) capaz de incluir el comentario de la novela dentro de la novela, sugiriendo así que el mundo de la ficción es autónomo, se hace en la escritura y no existe fuera de ella; es un hecho de lenguaje, una estructura en la que cada elemento adquiere significado en relación con los demás. Atenta también a este hallazgo, la novela contemporánea es para Fuentes «mito, lenguaje y estructura. Y al ser uno de estos términos es, simultáneamente, los otros dos» (N, 20). *Cambio de piel* parecía ser, en primer término, lenguaje, a juzgar por su condición laberíntica: centrada en sí misma, la novela encontraba su tema en el cuestionamiento de la propia escritura, destruyendo cualquier resto de ficción tradicional. El lector iba a encontrarse con restos de anécdotas, de personajes, de tiempos, de lugares, de mensajes. Esos materiales narrativos dispersos *eran* (y *son*) la novela.

En 1975 Fuentes dio a conocer *Terra Nostra,* una obra voluminosa en la que confluían, enriquecidas, sus búsquedas anteriores. Con desconcierto que alcanzó a los estudiosos de su obra, los lectores se encontraron de nuevo con un relato complejo y difícil de seguir, oscurecido por la condición proteica de un narrador que disolvía su identidad en las distintas personas gramaticales que asumía a lo largo de la novela, aderezada también con el transformismo de unos personajes de identidad dudosa. La impresión de que el texto incluía múltiples textos era otro de los efectos buscados, evidentemente, y tanto esa condición como la del narrador y la de los personajes obedecía a las pretensiones antes señaladas, a algunas de las búsquedas que marcaron todo un período en el desarrollo de la literatura hispanoamericana. Más que en cualquiera de sus obras anteriores, Fuentes manifestaba en *Terra Nostra* su voluntad de romper con las formas narrativas tradicionales, que era la voluntad de transgresión del lenguaje, una transgresión que se pretendía perpetua por medio de un texto que mostrase su textura. Cabría ir más lejos aún en estas consideraciones: conseguida la disolución del narrador, destruidos los personajes y la anécdota, no queda otra cosa que un texto que se autogenera y genera a la vez esa variedad de personajes y situaciones en continua transformación. La escritura, la constitución de un texto y su configuración, es la única realidad de la literatura: la escritura configura una realidad sin precedentes, sin referente alguno anterior a su constitución como escritura, que es

> papel y pluma para ser a cualquier precio, para imponer nada más y nada menos que la realidad de la fábula. Fábula incomparable y solitaria, que a nada se parece y a nada corresponde como no sea a los trazos de la pluma sobre el papel; realidad sin precedentes, sin semejantes, destinada a extinguirse en los papeles donde sólo existe. Y sin embargo, porque esta realidad es la única posibilidad de ser, dejando de estar, habrá que luchar con denuedo, hasta el sacrificio, hasta la muerte, como luchan los grandes héroes y los imposibles caballeros errantes, para decirle al mundo: he aquí mi realidad, que es la realidad verdadera y única, pues no otra tienen mis palabras y las creaciones de mis palabras.[7]

Comentario sobre la propia novela, ese texto citado es una de las continuas reflexiones que en *Terra Nostra* hacen patente esa conciencia crítica —la de la novela que se comenta a sí misma— particularmente apreciada en la época. Es extraordinariamente significativo, y no sólo por lo que dice sobre la autonomía de la ficción en relación con la realidad y con cualquier referente previo: termina por negar cualquier realidad que no sea la verbal. Las obras anteriores presuponían en distinta medida estos razonamientos, pero ahora se vuelven decisivos: permiten concluir que la historia no es otra cosa que los textos que la cuentan, y que escribir sobre el pasado es adulterarlo, es inscribirlo en el contexto del presente; en esa operación se anulan las diferencias entre los que en el pasado fueron personajes reales e imaginarios, entre Felipe II y Don Quijote: uno y otro pertenecen ya inevitablemente al ámbito de la escritura.

La condición verbal del pasado y del presente —de la realidad o de nuestra realidad, que hemos de manifestar al mundo— posibilita reajustes en la visión de la historia, capaces de modificar su incidencia en el tiempo que vivimos. Como siempre, estos planteamientos son inseparables en Carlos Fuentes del problema de la identidad, que a su vez implica la conflictiva relación con España y entre los propios americanos:

> Un trauma —resumió en la «Advertencia» de *Cervantes o la crítica de la lectura* (p. 9)— se encuentra en el origen de la relación entre México y España: el hecho de la conquista. Qué terrible conocimiento: el del instante mismo de nuestra gestación, con todas sus ternuras y crueldades contradictorias; qué intensa conciencia: la de la hora en que fuimos creados, hijos de madre sin nombre, anónimos nosotros mismos pero conocedores del nombre de nuestro terrible padre; qué magnífico dolor: nacer sabiendo cuánto debió morir para darnos el ser: el esplendor de las antiguas civilizaciones indígenas. España, padre cruel: Cortés. España, padre generoso: Las Casas.

Como ya antes pudo advertirse, Fuentes había entendido siempre la conquista como la violación de un orden, el del antiguo esplendor indígena, reducido en adelante al silencio. Entendió que sobre ese silencio se había impuesto un orden unívoco, el de la represión y la violencia, el de España, y a los escritores contemporáneos y a la escritura se brindaban la posibilidad y el deber de recuperar aquel territorio o paraíso perdido del origen, por medio del mito que ignora la distinción entre lo verdadero y lo falso o entre lo real y lo fantástico, mediante el lenguaje antiunívoco de la ambigüedad polisémica. Ahora la propuesta de Fuentes parecía ofrecer nuevos matices: se trataba también de recuperar de la incomprensión y del odio al padre español, y en último término de asumir totalmente una condición mestiza que habría servido hasta el presente de razón para la vergüenza o para el orgullo proclamado, y probablemente falso. La consideración de la historia como un texto susceptible de reescritura se descubría extraordinariamente útil: esa reescritura podría modificar el pasado, acomodándolo a las necesidades del presente o cuando menos a las expectativas de Carlos Fuentes. Ese es el sentido tal vez último de *Terra Nostra,* una recuperación de la difícil historia común de España y América desde la fecha del descubrimiento, y desde la experiencia aún más traumática de la Contrarreforma y de Felipe II. En consecuencia, *Terra Nostra* no podía sino volver sobre las obsesiones de Fuentes: la invención y la violación de América, la recuperación del pasado perdido, las relaciones de la cultura americana con la europea y con la española, y en último término, como siempre, el problema de una identidad americana mestiza que trata de conquistarse para el presente y para un futuro incierto, tal vez amenazado por un no lejano apocalipsis atómico.

Para aclarar e ilustrar las pretensiones de *Terra Nostra* es útil la lectura de *Cervantes o la crítica de la lectura,* que Fuentes publicó en 1976 con esa declarada finalidad. Sus reflexiones pusieron de manifiesto sin ambigüedades que para acceder a la identidad propia no había otro camino que descubrir y aceptar la paternidad española. Para avanzar en ese camino resultaba especialmente atractivo el reconocimiento de Cervantes, que en *El Quijote* había conseguido la primera novela moderna en cuanto que había llegado a proponer una nueva manera de leer el mundo; una manera crítica y contradictoria, pues Fuentes leyó a Cervantes como el transgresor de la misma norma en la que se apoyaba: conjugando al héroe épico que era Don Quijote con el pícaro realista que era Sancho, habría sido capaz «de ir más allá de la consagración del puro pasado y de la consagración del puro presente a fin de plantearse el problema de la fusión de pasado y presente. La naturaleza ambigua de esta fusión convierte a la novela en un proyecto crítico» (C, 31). Como tal proyecto, la novela permitiría iluminar el presente, y eso facilitaba a Fuentes otra conclusión:

> Sólo mediante los recursos del lenguaje puede librarse el tenso e intenso combate entre el pasado y el presente, entre la renovación y el tributo debido a la forma precedente. Cervantes no sólo encara ese problema en *Don Quijote:* lo resuelve y supera sus contradicciones porque es el primer novelista que radica la crítica de la creación dentro de su propia creación, *Don Quijote.* Y esta crítica de la creación es una crítica del acto mismo de la lectura [C, 32 y 33].

Este último hallazgo es para Fuentes el fundamental, el decisivo, y repetidamente ha de volver sobre él: «[...] Es al nivel de la crítica de la creación dentro de la creación y de la estructuración de la crítica como una pluralidad de lecturas posibles [...] como Cervantes da respuesta al monolitismo de la España mutilada, encerrada, vertical y dogmática que sucede a la rebelión comunera y al Concilio de Trento» (C, 35).

Desde luego, no es ingenua esa interpretación de la gran novela de Cervantes. Un antepasado ilustre permitía demostrar que la pluralidad de lecturas había sido útil una vez contra la opresión y la violencia de la vieja España, había servido para acercarse a otra manera de ver el mundo, para hacer una revolución en la literatura y por medio del lenguaje. Los herederos de Cervantes podían recoger ese legado, podían repetir la experiencia y transgredir las normas literarias recibidas de sus predecesores inmediatos aun apoyándose en ellas, podían hacer de esa transgresión reiterada una nueva lectura de la historia, de las relaciones entre España y América, del mestizaje que también —y es muy significativa esta opinión de Fuentes— se manifestaría, aunque bajo otro signo, en las mejores obras de literatura española: en el *Libro de buen amor,* en *La Celestina,* en *El ingenioso hidalgo Don Quijote de la Mancha.* Con eso no se agotaban las sugerencias y posibilidades que ofrecía la novela cervantina, y Fuentes extrajo de ella otras conclusiones enriquecedoras para la narrativa contemporánea, o al menos para su propia obra. Al considerar que en la literatura española —o en lo que juzgaba más valioso de ella— había encontrado refugio «el pluralismo de su auténtica herencia cultural» (C, 65) —la «triple herencia» judía, árabe y cristiana de la cultura española—, vindicaba la condición tolerante, transgresora e incluso revolucionaria de una tradición ajena a las mentiras de la historia, y útil en consecuencia a la hora de rescatar el tiempo perdido bajo el odio y la intolerancia. El aprovechamiento de esa tradición literaria quedaba así plenamente justificado, y eso preocupaba profundamente a Fuentes, empeñado en una lectura de la literatura española que le sirviese para su análisis del mundo contemporáneo: si señaló la presencia de «tres grandes temas erasmistas» en la gran novela de Cervantes —«la dualidad de la verdad, la ilusión de las apariencias y el elogio de la locura» (C, 67)— fue para ilustrar la condición de una novela como la contemporánea —o al menos la suya— que había perdido las seguridades de la razón y de la ciencia, que descreía de esas apariencias que son la realidad y estaba marcada por las dudas; una novela, por consiguiente, que no podía sino favorecer la lectura plural de los textos, que a su vez tratarían de dar cumplida respuesta a una realidad plurívoca, observable desde perspectivas variables. Convencido de la polivalencia de lo real, Fuentes no podía sino negar la univocidad en la literatura y la legitimidad del *realismo*; debía concluir que la literatura crea la realidad, o la modifica, o la enriquece: «Nueva realidad de papel, la literatura dice las cosas del mundo pero es *ella misma* una *nueva cosa* en el mundo» (C, 93).

Esa *nueva cosa* puede ser tan infinitamente compleja como *Terra Nostra,* un texto también marcado por la ambigüedad y por la duda, capaz de integrar en sí su propia reflexión crítica como aconsejaban precedentes ilustres —Fuentes había analizado con detención la «crítica de la lectura» en *El Quijote,* y la «crítica de la escritura» en *Ulises* o en *Finnegan's Wake—,* y consciente de que la ambigüedad y la duda y la crítica no tienen otra existencia que la que el mismo texto les presta. Tampoco Don Quijote tiene otra existencia que la que el texto le brinda —de manera ejemplar, sólo *es* Don Quijote mientras la fantasía y la locura (la ficción, la literatura) se lo permiten, y muere cuando abandona el mundo caballeresco de sus lecturas, que constituyen su lectura caballeresca del mundo—, demostrando que no hay otra realidad novelesca que la que el texto constituye. Pero esa realidad cerrada y autónoma no necesita de otra complejidad que la que puede prestarle la inclusión de sus propios presupuestos artísticos y éticos. Esos presupuestos pueden ser leídos a la vez que se lee la novela, y el texto adquiere de inmediato niveles múltiples de lectura, capaces de someter a prueba «los múltiples niveles de la realidad» (C, 94).

Desde luego, en las reflexiones teóricas y en la práctica literaria del escritor mexicano se advierten ecos múltiples, presencias de las variadas lecturas que le ayudaron a configurar su propia voz. Tal vez sea inevitable el recuerdo de Jorge Luis Borges, porque Fuentes también alguna vez descreyó del autor y de su relevancia —al cabo, ¿quién es el autor de *El Quijote*? ¿El historiador arábigo Cide Hamete Benengeli? ¿Alguien que también escribió *La Galatea,* como la biblioteca de Don Quijote permite comprobar? ¿Alguien que estuvo cautivo en Argel, como recuerda alguno de los personajes de la novela? ¿Importa realmente?—, y también mereció una revelación: la de que toda la literatura es obra de un único autor, «un polígrafo errabundo y multilingüe llamado, según los caprichos del tiempo, Homero, Virgilio, Dante, Cervantes, Cide Hamete Benengeli, Shakespeare, Sterne, Goethe, Poe, Balzac, Lewis Carroll, Proust, Kafka, Borges, Pierre Ménard, Joyce [...] » (C, 96). Esa revelación es la que Borges había encontrado en Valéry, en Emerson, en Shelley: todos los libros son obra de un espíritu único, y ninguna importancia tiene el nombre de los amanuenses. La teoría literaria contemporánea desarrollaría esa idea de que la literatura es el *corpus* que forman los textos: la significación deriva de su estructura interna y de las relaciones que establecen entre sí. Fuentes, buen conocedor del pensamiento literario, de las últimas corrientes teóricas o lecturas del hecho literario, supo tal vez que las teorías sobre la literatura (las lecturas de la literatura) formaban parte de la literatura como los poemas o las novelas, y que con el tiempo —la inclusión de Cide Hamete Benengeli o de Pierre Ménard en la relación citada contamina de irrealidad a los autores *reales*— no queda sino las palabras, la ficción, lo que los textos deciden que ha sido la historia. Esa condición verbal tal vez nos convierte en fantasmas, pero también es una posibilidad de supervivencia:

> Si todo ha de morir, muramos sin renunciar a lo único que aún puede ser nuestro porque es lo único que es de todos, las palabras; y si todo ha de vivir de nuevo, no viviremos sin nuestras palabras enterradas, resucitadas, salvadas, renovadas, combatidas para devolverles, anunciarles o encontrarles un sentido y, sobre ellas, fundar, otra vez o por última vez, la oportunidad de la existencia [C, 99].

La literatura adquiriría así una función salvadora y transcendente, que es tal vez el fin último de la literatura de Carlos Fuentes. Para conseguirlo, había hecho de sus textos el espacio en que se librase la batalla entre la voluntad de renovación y la resistencia de las formas vigentes. Eso era lo que había creído encontrar en *El Quijote,* lo que también le había fascinado en *Ulises* o en *Finnegan's Wake*: Cervantes y Joyce demostraban que «la épica de la sociedad en lucha consigo misma es también la antiépica del lenguaje en lucha consigo mismo» (C, 97). Esos precedentes confirman la legitimidad de la tarea emprendida por el novelista, una tarea que se manifestaba apenas en la renovación de formas, texturas o lenguajes, pero que a la vez constituía una aportación decisiva a los cambios revolucionarios exigidos por la sociedad latinoamericana.

Tal vez porque *Terra Nostra* parecía la suma de las búsquedas literarias de Fuentes, pudo suponerse que su autor poco podría añadir en adelante a esas conquistas, y que necesariamente habría de buscar otros caminos. *La cabeza de la hidra* (1978) se entendió como una evolución hacia formas más lineales y accesibles, pero esa tendencia no iba a confirmarse: un relato *tradicional* como *Gringo viejo* (1985) sería apenas otra demostración de versatilidad. Los mayores esfüerzos parecen haber sido dedicados a *Una familia lejana* (1980) y a *Cristóbal Nonato* (1987), y en ellas Fuentes ha reincidido en sus indagaciones sobre la identidad mexicana y americana —y también sobre la suya personal, y sobre la obra literaria realizada, al menos en la primera de esas novelas—, y sobre el destino reservado a los pueblos hispánicos y al mundo; ha investigado de nuevo en los estratos profundos de lo real, y ha continuado con sus experimentos narrativos. No han faltado los matices novedosos, ciertamente, pero tal vez es más interesante comprobar —lo confirman también los relatos de *Agua quemada* (1981)— que la atención vuelve a centrarse obsesivamente en ese mundo complejo que es la ciudad de México, para analizar los cambios acontecidos desde los años de *La región más transparente*, y enfrentarse a un tiempo de ruina económica y de degradación moral, de problemas agravados y esperanzas perdidas.

He imaginado, no sin fundamento, esa configuración de los presupuestos teóricos de Fuentes, como si hubiesen sido determinantes. Otros muchos secretos guardan sus obras, sin duda, pero lo indudable es que nadie fue más consciente de la tarea que realizaba, nadie trató con mayor vehemencia de integrar en sus creaciones las aportaciones de muy diversos campos de la cultura (filosofía, semiología, antropología, literatura...) y de algún modo todo el complejo mundo contemporáneo. Esas ambiciones le alejaron del gran público, pero eso no empaña el valor de su extraordinaria aventura intelectual.

NOTAS

1. Carlos, Fuentes, *La nueva novela hispanoamericana,* México, Cuadernos de Joaquín Mortiz, 6.ª ed., 1980, p. 11. Para comprender los puntos de vista de Fuentes en torno a la narrativa es fundamental este ensayo, y también el que publicó en 1976 con el título de *Cervantes o la crítica de la lectura* (México, Cuadernos de Joaquín Mortiz). Al menos han sido los más utilizados al redactar esta reflexión sobre la poética que ha determinado el quehacer del novelista mexicano. Para evitar notas innecesarias, cuando las citas provengan de estos libros irán seguidas de una letra que indique su origen (N para *La nueva novela hispanoamericana,* C para *Cervantes o la crítica de la lectura*) y del número de la página correspondiente.

2. «La certeza heroica se convierte en ambigüedad crítica, la fatalidad natural en acción contradictoria, el idealismo romántico en dialéctica ironía» (N, 15).

3. Véase José Donoso, *Historia personal del «boom»* (con apéndices del autor y de María Pilar Serrano), Barcelona, Seix Barral, 1983, p. 39.

4. Donoso, *op. cit.,* p. 42.

5. Véase Emir Rodríguez Monegal, «Carlos Fuentes», en Helmy F. Giacoman (ed.), *Homenaje a Carlos Fuentes,* Nueva York, Las Américas Publishing Co., 1972, p. 48.

6. *Fusilico:* en la terminología peruana de Vargas Llosa, «violación múltiple, reiterada».

7. *Terra Nostra,* México, Joaquín Mortiz, 1975, p. 241.

Vera Kundera, Milan Kundera, Carlos Fuentes y Silvia Fuentes. París, 1975

Carlos Fuentes, Romy Schneider, Luis Buñuel, Joseph Losey y Ramón Xirau durante la filmación de *El asesinato de Trotsky,* México, 1971

Carlos Fuentes y el ex presidente de México, Lázaro Cárdenas.
Pátzcuaro, Michoacán, 1960

Carlos Fuentes, Patricia Vargas Llosa, Silvia Fuentes y Mario Vargas Llosa.
Smithsonian Institution; Washington D.C., 1980

Bibliografía de y sobre Carlos Fuentes

La bibliografía que sigue irá acompañada de comentarios en aquellos casos en que los libros o artículos en cuestión tengan una especial relevancia.

Incorporamos un esquema reproducido en algunos de los volúmenes más recientemente aparecidos de C. Fuentes, en el que se integran diversas obras no publicadas y que señalizamos con un asterisco.

LA OBRA NARRATIVA DE CARLOS FUENTES:
LA EDAD DEL TIEMPO

I. *El mal del tiempo*
   1) *Aura*
   2) *Cumpleaños*
   3) *Una familia lejana*
II. *Terra nostra (Tiempo de fundaciones)*
III. *El tiempo romántico*
   *1) *La campaña*
   *2) *La novia muerta*
   *3) *El baile del centenario*
IV. *El tiempo revolucionario*
   1) *Gringo viejo*
   *2) *Emiliano en Chinameca*

V. *La región más transparente*
VI. *La muerte de Artemio Cruz*
*VII. *Los años con Laura Díaz*
VIII. *Dos educaciones*
1) *Las buenas conciencias*
2) *Zona sagrada*
IX. *Los días enmascarados*
1) *Los días enmascarados*
2) *Cantar de ciegos*
3) *Agua quemada*
*4) *Constancia*
X. *El tiempo político*
1) *La cabeza de la hidra*
*2) *El rey de México, o El que se mueva no sale en la foto*
XI. *Cambio de piel*
XII. *Cristóbal Nonato*

OBRAS DE CARLOS FUENTES

1. *OBRAS COMPLETAS*

Vol. I. *Novelas.* Prólogo de Fernando Benítez. Comprende: Datos biográficos; La narrativa y teatro de Carlos Fuentes, por Richard Reeve; novelas: *La región más transparente* (precedida por un prólogo de Luis Cardoza y Aragón, cartas de José Lezama Lima y Julio Cortázar, Cuadro cronológico, Índice de personajes); La provincia y la ciudad. Dos educaciones. I. *Las buenas conciencias,* con prólogo de Manuel Echeverría. II. *Zona sagrada,* precedida por «Un fetiche de cachemira gris perla»; «Los crímenes del amor»; «La espuma de la noche azteca», por François Bott; *La muerte de Artemio Cruz,* con prólogo de José Donoso, un artículo de Juan Loveluck, «Intención y forma en *La muerte de Artemio Cruz*», y una carta del general Lázaro Cárdenas.

Vol. II. *Cuentos, novelas y teatro,* prólogo «La máscara y la transparencia», de Octavio Paz. Comprende: Cuentos: *Los días enmascarados* y *Cantar de ciegos.* Novelas: *Cambio de piel,* con prólogo de J. Julio Ortega y *La cabeza de la hidra,* precedido de «La cabeza de la hidra o las aventuras de un "James Bond" del subdesarrollo», por Claude Fell. Teatro: *Todos los gatos son pardos,* con prólogo del autor e índice de personajes, y *El tuerto es rey,* precedido de «Reflexión en tres dimensiones», por Salvador Corbero; «Un prodigioso acto treatral...», por François-Regis Bastide, y un prólogo del autor.

Vol. III. *Novelas cortas y novela.* Comprende: *Aura, Cumpleaños* y *Terra nostra,* (en prensa).

México, Aguilar, vol. I, 2.ª ed. 1986, con 15 ilust. + 26 láms. + 1.414 pp.; Vol. II, 1.ª ed. 1985, con 20 ilust. + 1.350 pp.

2. *NOVELAS Y CUENTOS*

Pastel Rancio (cuento), México, Mañana, XXVI, 326 (1949), 226-227.

Pantera en jazz (cuento), México, Ideas de México, I, 3 (1954), 119-124.

Los días enmascarados (cuentos), México, Los Presentes, 1954, 99 pp.; México, Novaro, 1966, 95 pp., con ilust. de Cuevas en la portada.

La línea de la vida (cuento perteneciente a *La región más transparente* con el título «Gervasio Pola»), México, Revista Mexicana de Literatura, 2 (1955), 134-144; también en CONGRAINS MARTÍN, E. (ed.), *Antología contemporánea del cuento mexicano,* México, Instituto Latino-Americano de vinculación cultural, 1963, pp. 183-194; y en *Cuerpos y ofrendas. Antología,* Madrid, Alianza, 1972, pp. 31-44.

Calavera del quince (cuento perteneciente a *La región más transparente*) México, Novedades, 327 (1955), Sup. «México en la Cultura», pp. 3-5; también *Cuentistas mexicanos modernos,* de E. Carballo, México, Libro Mexicano, 1956, vol. 2, pp. 233-246.

El muñeco (cuento), México, Revista de la Universidad de México, X, 7 (1956), 7-8.

Maceualli (cuento perteneciente a *La región más transparente*), México, Revista Mexicana de Literatura, 6 (1956), 581-589.

El trigo errante (cuento), México, Revista de la Universidad de México, XI, 1 (1956), 8-10.

La región más transparente, México, FCE, 1.ª ed. 1958, 463 pp., col. Letras Mexicanas, 38; 1.ª reimp. 1958, 2.ª reimp. 1960, 3.ª reimp. 1963, 2.ª ed. aumentada 1972, 476 pp., 1.ª reimp. 1968, col. Popular, 86, 2.ª reimp. 1968, 3.ª reimp. 1969, 4.ª reimp. 1973, 5.ª reimp. 1977, 6.ª reimp. 1980, 7.ª reimp. 1982, 8.ª reimp. 1984, 9.ª reimp. 1986, 472 pp., y en *Obras Completas,* vol. I, pp. 121-630. Véase la edición crítica de Georgina García Gutiérrez publicada en Madrid, Cátedra, 1982, 565 pp., col. Letras Hispánicas, 145.

Las buenas conciencias, México, FCE, 1.ª ed. 1959, 192 pp., 2.ª ed. 1959, 3.ª ed. 1961, 4.ª ed. 1967, 5.ª ed. 1969, 6.ª ed. 1970, 7.ª ed. 1973, y en *Obras Completas,* vol. I, pp. 633-840.

La muerte de Artemio Cruz, México, FCE, 1.ª ed. 1962, 2.ª ed. 1965, 3.ª ed. 1967, 4.ª ed. 1969, 5.ª ed. 1970, 317 pp.; 1.ª reimp. en España 1978, 2.ª reimp. 1983, 3.ª reimp. 1986, col. Popular 34, 316 pp.; Barcelona, Círculo de Lectores, 1973, 304 pp.; Barcelona, Bruguera, 1971, 1.ª ed. 1981, 2.ª ed. 1982, 3.ª ed. 1984, col. Libro Amigo, 820, 311 pp.; Pamplona, Salvat, 1982, 207 pp., con prólogo de José Donoso, y en *Obras Completas,* vol. I, pp. 1.053-1.408.

Aura (novela corta), México, Alacena (ERA), 1.ª ed. 1962, 2.ª ed. 1964, 3.ª ed. 1966, 4.ª ed. 1968, 61 pp.; también en CASTILLO, H. y ANDREY, G., *Tres novelas cortas. Tres piezas teatrales,* Nueva York, Holt, Rinehart & Winston, 1970, pp. 52-75, y en *Obras Completas,* vol. III.

Cantar de ciegos, México, Joaquín Mortiz, 1.ª ed. 1964, 17.ª reimp. 1987, 209 pp., col. Serie del volador, y en *Obras Completas,* vol. II, pp. 81-259.

Zona sagrada, México, Siglo XXI, 1.ª ed. 1967, 192 pp., 18.ª ed. 1984, 195 pp., y en *Obras Completas,* vol. I, pp. 841-1.051.

Cambio de piel (Premio Biblioteca Breve 1967), México, Joaquín Mortiz, 1.ª ed. 1967, 442 pp.; 2.ª ed. 1968; Barcelona, Seix Barral, 1.ª ed. 1974, 2.ª ed. 1980, 3.ª ed. 1981, 4.ª ed. 1984, col. Biblioteca Breve, 503; y en *Obras Completas,* vol. II, pp. 263-808.

Cumpleaños, México, Joaquín Mortiz, 1.ª ed. 1969, 9.ª reimp. de la 1.ª ed. 1987, 115 pp., col. Serie del volador, y en *Obras Completas,* vol. III.

Cuerpos y ofrendas (Antología), pról. de Octavio Paz: «La máscara y la transparencia», Madrid, Alianza, 1.ª ed. 1972, 2.ª ed. 1979, 268 pp., col. L.B. 421, recoge: «Chac Mool», «La línea de la vida», «Último amor», «La muñeca reina», «Vieja moralidad», «Un alma pura», «Aura», «Cumpleaños» y «Nowhere».

Chac Mool y otros cuentos, Barcelona, Salvat, 1973, 120 pp., selección de cuentos con pról. de José Donoso.

Terra Nostra (Premio Rómulo Gallegos 1978, Caracas), México, Joaquín Mortiz, 1975; 2.ª ed. 1985; Barcelona, Seix Barral, 1.ª ed. 1975, 2.ª ed. 1985, 783 pp., col. Biblioteca Breve, y en *Obras Completas,* vol. III.

La cabeza de la hidra, Barcelona, Argos Vergara, 1978, 286 pp.; también en: México, Joaquín Mortiz, 1978, 283 pp., y en *Obras Completas,* vol. II, pp. 809-1.145.

Una familia lejana, México, Era, 1980; Barcelona, Bruguera, 1980, 223 pp., col. Narradores de Hoy, 36.

Agua quemada (cuarteto narrativo). Comprende: «El día de las madres», dedicado a Teodoro Cesarman; «Estos fueron los palacios», dedicado a Luise Rainer que supo ver; «Las mañanitas», dedicado a Lorenza y Patricia Graciela; «El hijo de Andrés Aparicio», dedicado a la memoria de Pablo Neruda, Madrid, FCE, 1981, 139 pp., col. Tierra Firme.

Gringo viejo, México, FCE, 1.ª ed. 1985; 1.ª reimp. para España 1985, 189 pp., col. Tierra Firme.

Cristóbal Nonato, Madrid, FCE, 1.ª ed. 1987 (simultáneamente 1.ª edic. en México), 563 pp., col. Tierra Firme.

El rey de México (novela en preparación).

3. *TEATRO*

Todos los gatos son pardos, México, Siglo XXI, 1.ª ed. 1970, 190 pp., y en: *Los reinos originarios,* Barcelona, Barral, 1971, y en *Obras Completas,* vol. II, pp. 1.149-1.261.

El tuerto es rey, México, Joaquín Mortiz, 1.ª ed. 1970, 2.ª ed. 1975, 3.ª ed. 1979, 2.ª reimp. de la 3.ª ed. 1985, 127 pp., col. Teatro del volador; también en *Los reinos originarios,* Barcelona, Barral, 1971, y en *Obras Completas,* vol. II, pp. 1.263-1.345.

Los reinos originarios, incluye: *Todos los gatos son pardos* y *El tuerto es rey,* Barcelona, Barral, 1971, 195 pp.

Orquídeas a la luz de la luna, Barcelona, Barral, 1982.

4. *ENSAYO*

París: la revolución de mayo, México, Era, 1.ª ed. 1968, 32 pp.

El mundo de José Luis Cuevas, México, Galería de Arte, Misrachi, 1969.

La nueva novela hispanoamericana, México, Joaquín Mortiz, 1.ª ed. 1969, 2.ª ed. 1969, 3.ª ed. 1972, 4.ª ed. 1974, 5.ª ed. 1976, 6.ª ed. 1980, 3.ª reimp. de la 6.ª ed. 1986, 98 pp., col. Cuadernos Joaquín Mortiz. Recoge un artículo «Cortázar: La Caja de Pandora» publicado en México, Siempre, (1964), supl. «La cultura en México», pp. VII y XII-XV; también, «Juan Goytisolo: la lengua común» en *Juan Goytisolo,* Madrid, Fundamentos, 1975, pp. 144-150. Probablemente se trata de la mejor obra del Fuentes teórico, y la única en la que ofrece su particular interpretación acerca del nacimiento y la evolución de la «nueva novela» del Continente. El autor dictamina la «muerte» de la «forma burguesa» del género narrativo y advierte el nacimiento de una nueva estética inspirada por autores extranjeros y fuertemente ligada a los aspectos míticos del pensamiento.

Casa con dos puertas (compilación de ensayos y conferencias), México, Joaquín Mortiz, 1970, 294 pp.

Tiempo mexicano (selección de textos relativos a México e inéditos), México, Joaquín Mortiz, 1.ª ed. 1971, 12.ª reimp. de la 1.ª ed., 1987, 196 pp., col. Cuadernos Joaquín Mortiz.

Incluye: Nota del autor: «Durante los pasados quince años, he escrito cerca de 1.500 cuartillas de artículos, entrevistas y reportajes sobre asuntos políticos, sociales y económicos. La mayoría aparecieron en las revistas mexicanas *Siempre, Política* y *El Espectador* y en los suplementos Culturales dirigidos por Fernando Benítez, México en la Cultura y La cultura en México; algunos fueron encargados por publicaciones extranjeras: *The Sunday Times* de Londres, *The New York Review of Books, Studies on the Left,* etc. De esa masa de materiales, he reunido en este cuaderno una selección de textos relativos a México; muchas páginas, sin embargo, son inéditas; otras se han desprendido de ensayos anteriores para encontrar aquí sitio y equivalencias nuevos. No he pretendido escribir un texto trio, objetivo, estadístico o totalizante sobre nuestro país; he preferido dar libre curso a mis obsesiones, preferencias y pasiones de mexicano, sin desdeñar ni la arbitrariedad ni la autobiografía. Búsquese aquí, entonces, menos el rigor que la vivencia y más la convicción que la imposible e indeseable objetividad».

Índice: Kierkegaard en la Zona Rosa; De Quetzalcóatl a Pepsicóatl; Tiempo is pánico; Radiografía de una década: 1953-1963; Lázaro Cárdenas; La muerte de Rubén Jaramillo; La historia como toma de poderes, y La disyuntiva mexicana.

Fuentes dedica la mayor parte de este ensayo a ofrecer su visión sobre la historia y la cultura de su país, convirtiéndose en una guía de primer orden para la comprensión de gran parte de su obra narrativa. El capítulo titulado «Radiografía de una década (1953-1963)» supone un repaso del máximo interés respecto a las circunstancias culturales e históricas que rodearon los comienzos de su labor creativa. No son de menor relevancia los comentarios que se hallan en la parte final del libro acerca de los sucesos más señalados de la reciente historia de México, los cuales se plasman en buena parte de sus últimos relatos, especialmente en *Agua quemada.*

Cervantes o la crítica de la lectura, México, Joaquín Mortiz, 1.ª ed. 1976, 1.ª reimp. 1983, 114 pp., col. Cuadernos Joaquín Mortiz.

Estudio en el que el autor analiza desde su peculiar perspectiva histórica el nacimiento de la personalidad hispanoamericana a través de los aportes culturales recibidos y, especialmente, de la impronta española. Como el propio Fuentes ha indicado, este ensayo se encuentra ideológicamente muy cercano a su novela *Terra Nostra,* y es prueba de ello que al final de este trabajo se incluya una extensa bibliografía donde el novelista da cuenta de aquellas obras que le sirvieron de guía para la elaboración de ambas obras.

5. *COLABORACIONES PERIODÍSTICAS Y ARTÍCULOS DE REVISTAS*

¡Pero usted no sabe aún lo que es el basfumismo!, México, Hoy, 662 (1949) 24, 66.

La autopsia del existencialismo, México, Hoy, 670 (1949), 28-29.

Descubriendo al México de 1950, México, Hoy, 668 (1949), 32-33, 82.

Fue al infierno de visita, lo vio tan mal que decidió regresar a México, México, Hoy, 652 (1949), 30-35.

Alfonso Reyes: un espectador de calidad habla del cine mexicano, México, Hoy, 675 (1950), 45.

Nadie sabe para quién trabaja, México, Hoy, 680 (1950), 28.

Casi el paraíso de Luis Spota, México, La Gaceta, IV, 29 (1957), 2.

Dylan Thomas, México, Revista de la Universidad de México, VIII, 4 (1953), 27.

México ante la crisis mundial, México, Medio Siglo, II, 3 (1953), 151-160.

Algunas notas sobre George Orwell, México, Revista de la Universidad de México, IX, 1-2 (1954), 11-12, 21.

Pedro Páramo de Juan Rulfo (reseña), Rhöne, L'Esprit des Lettres, 6 (1955), 75; también en: Bogotá, Mito, II, 8 (1956) 121-122.

Crítica de los lectores: casi el paraíso de Luis Spota, México, La Gaceta, IV, 29 (1957), 2.

Tres interrogaciones sobre el presente y el futuro de México, México, Cuadernos Americanos, CII, 1 (1959), 44-75 (Fuentes junto con L. Zea y J.L. Martínez).

Notas de un novelista: la revolución cubana, México, Novedades (1959), 5.

Los nuevos: a través de la novela, el camino de la juventud, México, La Gaceta, V, 54 (1959), 3.

Faulkner: entre el dolor y la nada, México, Siempre, 475 (1962), supl. «La cultura en México», pp. II-V.

Viridiana, Buenos Aires, El Escarabajo de oro, III, 6 (1962), 20-21.

La nueva novela latinoamericana. Señores, no se engañen, los viejos han muerto. Viven Vargas Llosa, Cortázar, Carpentier, México, Siempre, 579 (1964), supl. «La Cultura en México», pp. I-VIII y XIV-XVI.

Carlos Fuentes habla de su vida y sus libros, México, Siempre, 640 (1965), supl. «La Cultura en México», pp. I-XIII. Se incluyó en el volumen colectivo con el título: «Carlos Fuentes», en *Los narradores ante el público,* México, Joaquín Mortiz, vol. I, 1966, pp. 137-155; y reelaborado con el título: «Radiografía de una década 1953-1963», en *Tiem-*

po mexicano, México, Joaquín Mortiz, 1.ª ed. 1971, 12.ª reimp. 1987, pp. 56-92.

¿Es moderna la literatura latinoamericana? (mesa redonda en el Colegio Nacional), México, Plural, 189 (1965), 1-13.

Five Secret Clues to Mexico, New York, Vogue, CXLVII, 1 (1966), 108-109, y 155-157.

«Rayuela»: la novela como caja de Pandora, París, Mundo Nuevo, 9 (1967), 67-69. También: «Rayuela y la máscara de Buster Keaton», México, Siempre, 674 (1966), supl. «La Cultura en México», p. II.

Nuestras sociedades no quieren testigos y todo acto de lenguaje verdadero es en sí revolucionario, México, Siempre, 742 (1967), supl. «La Cultura en México», pp. VII-IX.

Aprender una nueva rebelión, Caracas, Imagen, 15 al 30 de mayo 1968, p. 24; también en: México, Siempre, 792 (1968), IV; posteriormente apareció con el título «Juan Goytisolo: la lengua común», en: *La nueva novela hispanoamericana,* México, Joaquín Mortiz, 3.ª reimp. de la 6.ª ed. 1986, pp. 78-84; y en: *Juan Goytisolo,* Madrid, Fundamentos, 1975, pp. 144-150.

Muerte y resurrección de la novela, México, Excelsior, (1969), supl. «Diorama de la cultura», pp. 2-3; y en: A. Ocampo, *La crítica de la novela iberoamericana contemporánea,* México, UNAM, 1973.

Gabriel García Márquez: la segunda lectura, en *La nueva novela hispanoamericana,* México, Joaquín Mortiz, 3.ª reimp. de la 6.ª ed. 1986, pp. 58-67.

Carne, esferas, ojos grises sobre el Sena, Madrid, Revista de Occidente (2.ª época), XXIV, 70 (1969), 23-48.

El tiempo de Octavio Paz, México, Siempre, 415 (1970), supl. «La Cultura en México»; recogido en su obra *Casa con dos puertas,* México, Joaquín Mortiz, 1970, pp. 151-157; como prólogo a *Signos en rotación y otros ensayos* de O. Paz, Madrid, Alianza, 1.ª ed. 1971, 2.ª ed. 1983, pp. 9-15 y en *Aproximaciones a Octavio Paz* de Ángel Flores, México, Joaquín Mortiz, 1974, pp. 32-37.

Seis cartas de Carlos Fuentes a Octavio Paz, Pittsburgh, Revista Iberoamericana, XXXVII, 74 (1971), 32-37.

Macondo, sede del tiempo, en *Sobre García Márquez,* Montevideo, Biblioteca Marcha, 1971, pp. 112-114.

El afán totalizante de Vargas Llosa, en *Homenaje a Mario Vargas Llosa,* New York, Las Américas Pub., 1971, pp. 161-172.

La Francia revolucionaria: imágenes e ideas, en: FUENTES, C., SARTRE, J.P. y COHN-BENDIT, D. *La revolución estudiantil,* San José, ed. Universitaria Centroamericana (Dpto. Publicaciones de la Univ. de Costa Rica), 1971, pp. 9-50.

Palabras iniciales, México, Plural, 14 (1975), 9-14.

Tous les mystères... Les mystères (sobre «Octaedro»), París, Le Monde, 5 mayo 1976, pp. 1, 20.

Juan Sans Terre (París octubre 1977), México, Vuelta, 13 (1977), 27-29.

El mandarín (cuento), Sábado, supl. de Unomásuno, 7, diciembre 1977.

Central and Eccentric Writing, en A. Fremanle (ed.), *Latin-American Literature Today,* New York, New American Library, 1977.

El día de las madres (a Teodoro Cesarman), cuento de la colección «Ciudad doliente», México, Vuelta, 4 (1977), 4-12.

Estos fueron los palacios (A Luise Rainer), cuento de la colección «Ciudad doliente», México, Vuelta, 12 (1977), 8-14.

Tomás y Nicolás hablan de la política, México, Vuelta, 21 (1978), 29-32.

Cronos en su baño (Princeton-México DF, agosto de 1978), México, Vuelta, 24 (1978), 29-35.

Discurso en la entrega del Premio Internacional «Rómulo Gallegos», Caracas, Eds. de la Presidencia de la República y del Consejo Nacional de Cultura, 1978.

El español, ¿lenguaje imperial, mendicante o humano?, México, Vuelta, 23 (1978), 32-33.

El otro K, pról. a *La vida está en otra parte* de Milan Kundera, Barcelona, Seix Barral, 1979, pp. VII-XXXIII, col. Biblioteca Formentor; y en la col. Biblioteca Breve, 1.ª ed. 1982; 2.ª ed. 1985, 3.ª ed. 1986; 4.ª ed. 1987, pp. IX-XXXIII; y en México, Vuelta, 28 (1979), 22-29.

El fantasma de Banquo, México, Vuelta, 26 (1979), 29-31; y en: *Grandes firmas. Antología de artículos hispanoamericanos y españoles,* Madrid, EFE Editorial, 1987, pp. 371-377.

Hay un ayatola en su futuro, México, Vuelta, 32 (1979), 25-26.

La resurrección de Rómulo Gallegos, México, Vuelta, 35 (1979), 34-35.

La gallarda de Alechinsky (texto para la presentación de Pierre Alechinsky en la Galería Lefevre de N.Y.), México, Vuelta, 36 (1979), 31-32.

Pintor en Nueva York (texto que sirvió para presentar el catálogo de las obras de Juan Martínez en la Galería Lefevre de N.Y. en febrero 1980), México, Vuelta, 41 (1980), 41-42.

El hijo de Andrés Aparicio (a la memoria de Pablo Neruda, fragmento), México, Vuelta, 49 (1980), 25-30.

Buñuel a los ochenta, México, Vuelta, 44 (1980), 26-27; y en *Grandes firmas. Antología de artículos hispanoamericanos y españoles,* Madrid, EFE Editorial, 1987, pp. 394-397, col. Testigo.

Una literatura urgente, en *Latin American Fiction Today* de Rose S. MINC (ed.), Tokama Park (Meryland), Hispamérica, 1980, pp. 9-18.

Reagan: entre la nostalgia conservadora y la modernización devoradora (Princeton, 28 de diciembre 1980), México, Vuelta, 51 (1981), 44-46.

Mugido, muerte y misterio: el mito de Rulfo, Pittsburgh, Revista Iberoamericana, XLVII, 116-117 (1981), 11-21.

La experiencia de los novelistas, Pittsburgh, Revista Iberoamericana, 116-117 (1981), 310-321.

Aura (cómo escribí algunos de mis libros). A mi amiga inmortal, Lillian Hellman, Barcelona, Quimera, 21-22 (1982), 46-50.

La Ilíada descalza, México, Vuelta, 80 (1983), 5-10.

Nicolás Gogol. Primera parte: «La ausencia irónica», (pról. a *La creación de Nicolás Gogol* de Donald Fanger), México, Vuelta, 91 (1984), 6-14.

Juan Goytisolo or the Novel as Exile, Elmwood Park, USA, The Review of Contemporary Fiction, IV, 2 (1984), 72-76 (monográfico dedicado a Juan Goytisolo).

Una perspectiva iberoamericana, Madrid, ABC, 17 de junio 1984, p. 56.

Libros para compartir la imaginación del mundo (discurso de apertura del 22 Congreso de la Unión Internacional de Editores), Madrid, El País, 12 de marzo 1984, pp. 26-27.

El secreto de Diderot, Barcelona, Quimera, 49 (1985), 55-63.

Gringo viejo (páginas del séptimo capítulo), México, Vuelta, 102 (1985), 6-8.

Rulfo, el tiempo del mito y la distancia de la muerte, Pau (Francia)/Calaceite (España), Noésis, 3 (1986) 5-15.

Los Estados Unidos: Dr. Jekyll y Mr. Hyde, Madrid, Diario 16, 2 de marzo de 1986, Suplemento Cultural, p. IV.

Yo soy creado, pról. a *Cristóbal Nonato,* México, Vuelta, 113 (1986), 17-20.

Vives al día, de milagro, como la lotería (fragmento de la novela *Cristóbal Nonato*), México, Vuelta, 120 (1986), 42-45.

Erotismo, misoginia y muerte: los fantasmas en el convento, Madrid, Diario 16, 2 de febrero de 1986, supl. Culturas, p. IV.

Diálogo en Acapulco, Barcelona, El País, 26 de noviembre de 1987, p. 13.

Tocqueville para los ochenta (enero 1979), en *Grandes firmas. Antología de artículos hispanoamericanos y españoles,* Madrid, EFE Editorial, 1987, pp. 378-382, col. Testigo.

La minoría mayoritaria, en *Grandes firmas. Antología de artículos hispanoamericanos y españoles,* Madrid, EFE Editorial, 1987, pp. 383-386, col. Testigo.

En el centenario de Dostoievsky (diciembre 1981), en *Grandes firmas. Antología de artículos hispanoamericanos y españoles,* Madrid, EFE Editorial, 1987, pp. 387-393, col. Testigo.

Los títulos de Alechinsky (junio 1980), en *Grandes firmas. Antología de artículos hispanoamericanos y españoles,* Madrid, EFE Editorial, 1987, pp. 398-402, col. Testigo.

Cinco premios en uno (extracto del discurso de entrega del «Premio de Literatura» 1988 del Club Nacional de las Artes de Nueva York el 24 de febrero 1988), Madrid, ABC, 6 marzo 1988, p. 66.

La invención de América, Madrid, Diario 16, supl. Culturas, 16 abril 1988, p. XII.

Sergio Ramírez: «Castigo Divino», Madrid, El País, 21 abril 1988, pp. 13 14.

Los techos de cristal de Centroamérica, Madrid, Cambio 16, 845 (1988), 64-65.

The Spanish miracle, USA, Newsweek, 23 mayo 1988, p. 21.

Time for a change. America's policy toward Nicaragua is based not on national security but national insecurity, USA, Newsweek, 1 febrero 1988, p. 42.

Carlos Fuentes, Premio Cervantes: «Kierkegaard en la Zona Rosa» (reproducción de un ensayo recogido en Tiempo Mexicano), Madrid, El Independiente, IV, 22 abril 1988, p. 41.

6. *ENTREVISTAS A CARLOS FUENTES*

ABRAHAM, V.A., **La posición de Fuentes,** México, Vida Literaria, 26 (1972), 17-20.

ANADON, J., **Entrevista a Carlos Fuentes** (1980), Pittsburgh, Revista Iberoamericana, XLIX, 123-124 (1983), 621-623.

ANÓNIMO, **Carlos Fuentes at UCLA,** Los Ángeles (California), Mester, IX, 1 (1982), 3-15.

—, **Yo, el embajador,** México, Visión, XLV, 3 (1975), 32-34; y en: Cincinnati (USA), Hispania, LIX, 1 (1976), 151-153.

BAXANDALL, **An interview with Carlos Fuentes**, Madison (Wisconsin), Studies on the Left, III, 1 (1963), 48-56.

CARBALLO, E. (seud. Mario Calleros), **Conversación con Carlos Fuentes,** México, Siempre, 465 (1962), supl. «La Cultura en México», pp. V-VII; también en *El cuento mexicano del siglo XX,* México, Empresas editoriales, 1964, pp. 73-80.

—, **Carlos Fuentes** en *Diecinueve protagonistas de la literatura mexicana del siglo XX,* México, Empresas Editoriales, 1966, pp. 425-448.

CRESCIONI, G., **Encuentro cultural,** Puerto Rico, El Mundo, 8 de febrero de 1981, p. 7C.

CRESTA DE LEQUIZAMÓN, M.L., **Testimonios. Cuatro respuestas de Carlos Fuentes sobre Literatura,** Córdoba (Argentina), Boletín del Instituto de Literatura Argentina e Iberoamericana, III, 3 (1967), 367-379.

DÍAZ-LASTRA, A., **La definición literaria, política y moral de Carlos Fuentes. Un documento que hará época en la historia del pensamiento mexicano,** México, Siempre, 718 (1967), supl. «La Cultura en México», pp. I-IX.

DOEZEMA, H.P., **An interview with Carlos Fuentes,** Lafayettes (Indiana), Modern fiction studies, XVIII, 4 (1972-1973), 491-503.

DWYER, J.P., **Conversation with a Blue Novelist,** New York, Review, 12 (1974), 54-58.

—, **Una conversación con Carlos Fuentes,** en: Durán, Gloria y Manuel (eds.), *Autorretratos y espejos,* Englewood Cliffs (New Jersey), Prentice Hall, 1977, p. 63.

FEIJOO, G., **Entrevista a Carlos Fuentes,** New York, Románica, XIV (1977), 72-85.

GARCÍA, E., **Carlos Fuentes: Díaz Ordaz responsable de Tlatelolco** (fragmentos de la entrevista para «El Sol de México»), Madrid, Triunfo, 743 (1977), 17.

HARSS, L., **Carlos Fuentes. Mexico's Metropolitan Eye,** Albuquerque, New Mexico Quaterly, XXXVI, 1 (1966), 26-55; y en *Los nuestros,* Buenos Aires, Ed. Sudamericana, 1966, pp. 338-380.

JANES, R., **No Moore Interviews: A Conversation with Carlos Fuentes,** Salmagundi, 43 (1979), 87-95.
JIHAD, K., **El lenguaje fetal y conmemorativo,** Madrid, Diario 16, 23 de febrero de 1986, supl. Culturas, pp. IV-V.
LANDEROS, C., **Con Carlos Fuentes,** México, Excélsior, 10 de octubre de 1965, supl. Diorama de la Cultura, pp. 3, 6.
LÉVY, I.J., ENWALL DALE, E., **Diálogo con Carlos Fuentes,** en Lévy, Isaac Jack y Loveluck, Juan (eds.), *Simposio Carlos Fuentes. Actas,* Columbia University of South Caroline, 1980, pp. 215-229.
MACADAM, A., COLMAN, A., **An Interview with Carlos Fuentes,** USA, Book forum, IV, 4 (1978-1979), 672-685.
MACADAM, A., RUOS, Ch., **The Art of Fiction LXVIII. Carlos Fuentes,** New York, Paris Review, XXIII, 82 (1981), 140-175.
MAURO, W. y CLEMENTELLI, E., **Carlos Fuentes,** en *Los escritores frente al poder,* Barcelona, Caralt, 1975.
MONLEÓN, J., **Carlos Fuentes,** en *América Latina: teatro y revolución,* Caracas, Ateneo de Caracas, 1978, pp. 151-160.
MOYERS, B., **The Many Worlds of Carlos Fuentes.** New York, Bill Moyer's Journal, I-II, (June 19-Jule 3, 1980), Educational Broadcasting Corp.
ORTEGA, J., **Carlos Fuentes: Lo que me queda es escribir mi primera novela,** Madrid, Diario 16, 16 abril 1988, supl. Culturas, pp. I-II, III-VI.
OSORIO, M., **Entrevista con Carlos Fuentes: no escribo para leer en el metro,** Madrid, Cuadernos para el diálogo, 197 (1977), 50-53.
OVIEDO, J.M., **La experiencia de los novelistas** (Mesa redonda con Carlos Fuentes, Juan Goytisolo, Mario Vargas Llosa y Jorge Edwards. Tema: «La novela en español, hoy: La experiencia del escritor»), Pittsburgh, Revista Iberoamericana, XLVII, 116-117 (1981), 309-321.
PANIATOWSKA, E., **Carlos Fuentes, un tropel de caballos desbocados,** México, Novedades, 6 abril 1958, supl. «México en la Cultura», p. 1.
RAMOS, R., **Carlos Fuentes busca un nuevo lenguaje para contar lo que no ha dicho la historia,** Barcelona, La Vanguardia, 6 de diciembre de 1987, pp. 62-63.
RODRÍGUEZ MONEGAL, E., **Carlos Fuentes,** en *Homenaje a Carlos Fuentes* de H.F. Giacoman (edit.), New York, Las Americas Publishing Company, Inc., 1971, pp. 23-65.
—, **Situación del escritor en América Latina,** París, Mundo

Nuevo, I (1966) 5-21; también en *El arte de narrar,* Caracas, Monte Ávila, 1968, pp. 113-146.
SERENELLI, M., **Il teatro latinoamericano,** Milán, Sipiario, 292-293 (1970), 32-45.
SHRADY, N., **Carlos Fuentes: Life and Language,** New York, The New York Times Book Review, 19 de agosto de 1984, pp. 1, 26-27.
SOLER SERRANO, J., **Carlos Fuentes**, en «Mis personajes favoritos», separata de la revista Telerradio, n.° 33, Madrid, Telerradio, 1.152 (1980) 257-264.
SOMMERS, J., **The Present Moment in the American Novel,** Norman (Oklahoma), Books Abroad, XL (1966), 261-266.
SOSNOWSKY, S., **Entrevista a Carlos Fuentes,** Bogotá, Eco, XLV (1981), 615-649; también en *An Interview with Carlos Fuentes,* Tokama Park, MD., Hispamérica, IX, 27 (1980), 69-97.
STAJIANO, C., **El provocador cosmopolita,** México, Excelsior, 5 de noviembre 1967, supl. Diorama de la Cultura, pp. 3-4.
TITTLER, J., **Interview: Carlos Fuentes,** Ithaca (N.Y.), Diacritics, III, 10 (1980), 46-56.
TORRES FIERRO, D., **Carlos Fuentes: Miradas al mundo actual,** México, Vuelta, 43 (1980), 41-44.
TORRES, A.M. y MOLINA FOIX, V., **Entrevista a Carlos Fuentes,** Madrid, Cuadernos para el Diálogo, Extra X (1968), 64-67.
ULLÁN, J.M., **Carlos Fuentes: Salto mortal hacia mañana,** Madrid, Ínsula, 245 (1967), 1, 12-13; y en *Homenaje a Carlos Fuentes,* Las Américas Publishing Company, Inc., 1971, pp. 327-343.
WILKIE, J. y WILDIE, E., **Oral History Interviews with Carlos Fuentes,** History Dept. of University of California, Los Ángeles, 1964.

7. *NOTICIAS DE REDACCIÓN*

La huella de una sociedad, Barcelona, El País, 26 de noviembre de 1987, p. 35.
Fuentes ganó el Cervantes cuando impartía una clase sobre el Quijote, Barcelona, La Vanguardia, 26 de noviembre de 1987, p. 51.
Latinoamérica no es el patio trasero de nadie, afirma Carlos

Fuentes (al recibir la medalla de oro del Club Nacional de las Artes), Barcelona, La Vanguardia, 26 de febrero de 1988, p. 36.

OBRAS SOBRE CARLOS FUENTES

ACKER, Bertie, **El cuento mexicano contemporáneo: Rulfo, Arreola y Fuentes,** Madrid, Playor, 1984.
Estudio dedicado tan sólo parcialmente a la obra de Fuentes. Se centra en los cuentos y de manera particular en la novela corta *Aura.*

BEFUMO BOSCHI, L. y CALABRESE, E., **Nostalgia del futuro en la obra de Carlos Fuentes** (comprende: «Creación de un nuevo mundo mítico-simbólico»; «Aproximación analítica a las novelas de C. Fuentes»; *La muerte de Artemio Cruz; Zona sagrada; Cambio de piel;* «El lenguaje y su lucha: signos y símbolos»; «Bibliografía seleccionada», Buenos Aires, F. García Cambeiro, 1974, 193 pp.
Estudio simbólico-mítico de las tres novelas anteriormente mencionadas, realizado desde la perspectiva crítica del Centro de Estudios Latinoamericanos (CELA). Es un libro muy estimable para el conocimiento de la obra de Fuentes, sobre todo en lo referente a la simbología utilizada por el autor en estas obras. Destacan sus importantes conclusiones, que dan la clave principal para la interpretación de muchas novelas del escritor mexicano.

BOREL, Jean Paul y ROSSEL, Pierre, **La narrativa más transparente,** Madrid, Asociación europea de profesores de español, 1981.
Los autores emplean un método sociológico inspirado en Goldmann con el fin de observar la transposición de una serie de estructuras sociales en la obra de Fuentes. El estudio consta de dos partes muy estimables, como son sus hipótesis de trabajo —que ven en la mayoría de los relatos el reflejo del esquema de dominación Centro-Periferia y su profundización en la idea del «mito social», particularizado, en este caso, en lo que denominan «Mito de la Revolución Mexicana».

BRODY, Robert and ROSSMAN, Ch. (eds.), **Carlos Fuentes, a Critical View,** Austin, University of Texas Press, 1982.

Recoge colaboraciones de gran calidad, realizadas por los máximos especialistas, sobre la práctica totalidad de la producción literaria del novelista. Su consulta es altamente recomendable.

BRUSHWOOD, John S., **Desde «Pedro Páramo» hasta «Rayuela» (1956-1962),** en *La novela hispanoamericana del siglo XX. Una vista panorámica,* trad. de Raymond L. Williams, México, FCE, 1984, pp. 207-240, col. Tierra Firme.
Se comenta *La región más transparente, Las buenas conciencias, Terra Nostra, Aura, Cambio de piel, La cabeza de la hidra, La muerte de Artemio Cruz,* y *Una familia lejana.*

CARRANZA, Luján, **Aproximación a la literatura del mexicano Carlos Fuentes,** Santa Fe (Argentina), Librería Editorial Colmegna, 1974.
Se trata de un libro muy breve que ofrece un rápido y descriptivo repaso a los hitos más relevantes de la vida y la obra del novelista mexicano.

DURÁN, Gloria, **La magia y las brujas en la obra de Carlos Fuertes,** México, UNAM, 1976, 216 pp., col. Opúsculos. Serie Ensayos, 85.
Estudio de la narrativa de Fuentes desde una perspectiva similar a la del CELA, aunque haciendo mayor hincapié en los aspectos y figuraciones del inconsciente que afloran en este corpus literario. La autora toma como guía la figura de la bruja —trasunto para ella del «anima» jungiana— para abordar un interesante análisis de los relatos del autor mexicano hasta *Cumpleaños.* No todas las obras aquí comentadas presentan un mismo nivel de estudio, aunque cabe decir que Durán ha desarrollado una de las perspectivas más atrayentes y ricas para internarse en esta compleja obra narrativa.

—, **The Archetypes of Carlos Fuentes. From witch to Androgyne,** Archon Books, 1980.
Versión inglesa de la obra anterior, que se ve aumentada en dos capítulos que recogen el estudio de *Terra Nostra* que, por razones cronológicas, no se halla en la edición castellana.

DURÁN, Manuel, **Carlos Fuentes,** comprende: «Un fetiche de carne y hueso»; «Fuentes y el arte de contar cuentos»; «Aura o la obra perfecta»; «El Pop y los estilos de Fuentes» en: «Tríptico mexicano. Juan Rulfo, Carlos Fuentes, Salvador Elizondo», Mexico, Secretaría de Educación Pública. Sep/Setentas, 1973, pp. 51-133.

FAIRS, Wendy B., **Carlos Fuentes,** New York, Frederick Ungar-Publishing Co., 1983, XV + 241 pp., col. Literatura and Life Sciencies.

Se trata de uno de los últimos estudios realizados hasta la fecha sobre la narrativa y el teatro de Fuentes. Su reciente aparición le otorga el interés añadido de abarcar la obra del autor hasta 1980 inclusive y de hacerse eco de las aportaciones críticas de mayor relevancia hasta el momento, las cuales se ven reflejadas en una selecta bibliografía final. La edición está muy cuidada y la obra en sí es una de las más recomendables para todo aquel que quiera profundizar en Fuentes.

GARCÍA GUTIÉRREZ, Georgina, **Los disfraces: la obra mestiza de Carlos Fuentes,** comprende: Introducción; El caleidoscopio de lo mexicano; El jeroglífico cosmopolita; El espejismo y la máscara de espejos; Lo oculto y lo aparente; Bibliografía, México, El Colegio de México, 1.ª ed. 1981, 202 pp.

Obra de corte similar a las anteriores, aunque centrada principalmente en el estudio de *Los días enmascarados* y *Aura* con una perspectiva analítica de raigambre simbólica. La obra presenta bastantes altibajos, alternando comentarios excelentes con afirmaciones cuando menos discutibles. Lo más meritorio es la atención que merecen a la autora los cuentos de *Los días enmascarados,* que comenta individualmente extensamente, de tal forma que convierte su obra en uno de los más detallados y exhaustivos análisis de este primer y, casi desconocido, libro de Fuentes.

GIACOMAN, Helmy F. (ed.), **Homenaje a Carlos Fuentes. Variaciones interpretativas en torno a su obra,** New York, Las Américas Publishing Co., 1971, 494 pp. Comprende: Giacoman, H.F., «Prefacio», pp. 9-13; Paz, O., «La máscara y la transparencia», pp. 15-22; Rodríguez Monegal, E., «Carlos Fuentes», pp. 23-65; Parra, E., «Fuentes y la pasión por la palabra», pp. 67-74; Reeve, R.M., «Carlos Fuentes y el desarrollo del narrador en segunda persona: un ensayo exploratorio», pp. 75-87; Benedetti, M., «Carlos Fuentes: del signo barroco al espejismo», pp. 89-105; Ortega, J., «Carlos Fuentes: *Cambio de piel*», pp. 107-124; Osorio, N., «Un aspecto de la estructura de *La muerte de Artemio Cruz*», pp. 125-146; Jara C.R., «El mito y la nueva novela hispanoamericana. A propósito de *La muerte de Artemio Cruz*», pp. 147-208; Loveluck, J., «Intención y forma en *La muerte de Artemio Cruz*», pp. 209-228; Salgado, M.ª A., «El mito azteca en *La región más transparente*», pp. 229-240; Durán, G., «La bruja de Carlos Fuentes», pp. 241-260; Sarduy, S., «Un fetiche de Cachemira», pp. 261-273; Sommers, J., «La búsqueda de la identidad: *La región más transparente* por Carlos Fuentes», pp. 275-326; Ullán, J.M., «Carlos Fuentes: salto mortal hacia mañana», pp. 327-343; Díaz-Lastra, A., «Carlos Fuentes y la revolución traicionada», pp. 345-354; Brehil Luna, A., «Despliegue de mundos en *Zona sagrada*», pp. 355-363; Fell, C., «Mito y realidad en Carlos Fuentes», pp. 365-376; López-Sanz, J., «Carlos Fuentes: *Zona sagrada*», pp. 377-383; McMurray, G., «*Cumpleaños* y *La nueva novela*», pp. 385-398; Allen, C.M., «La correlación entre la filosofía de Jean-Paul Sartre y *La muerte de Artemio Cruz* de Carlos Fuentes», pp. 399-442; Avellaneda, A.O., «Función de la complejidad en *Cambio de piel* de Carlos Fuentes», pp. 443-454; McMurray, G.R., «*Cambio de piel*. Una novela existencialista de protesta», pp. 455-463; Stais, J., «*Todos los gatos son pardos*. Un acto de rebelión en nueve escenas», pp. 465-471; Reeve, R.M.,«Carlos Fuentes y la novela: Una bibliografía escogida», pp. 473-494.

GUZMÁN, Daniel de, **Carlos Fuentes,** New York, Twayne, 1972. Obra «rara», de consulta casi imposible, que consiste en un breve repaso a las creaciones de Fuentes hasta 1972. A juzgar por las ocasiones en que aparece citada en estudios posteriores, no parece haber despertado el interés de los «fuentistas».

KAPSCHUTSCHENKO, Ludmila, **Carlos Fuentes: La elección y el cambio como núcleos de la existencia,** en *El laberinto en la narrativa hispanoamericana contemporánea,* London, Tamesis Books Limited, 1982, pp. 90-109.

LEVY, Isaac y LOVELUCK, Juan (eds.), **Simposio Carlos Fuentes. Actas,** Columbia, University of South Carolina, 1980. Selección de las ponencias presentadas al congreso sobre Fuentes que se celebró en la Universidad de Carolina del Sur los días 27, 28 y 29 de abril de 1979, y que contó con la presencia y la participación del propio novelista. Los estudios se han escogido intentando lograr un equilibrio de conjunto que muestre al lector los diversos aspectos de la vida y la obra del autor mexicano y, en líneas generales —por el peso específico de los intervinientes y la innegable calidad de sus aportaciones—, se puede afirmar que es una de las mejores obras de este tipo realizadas hasta la fecha.

ORDIZ VÁZQUEZ, Fco. Javier, **El mito en la obra narrativa de Carlos Fuentes,** comprende: Introducción; El marco; La obra: Introducción a la obra narrativa de C.F.; Presencia y función del mito en la obra narrativa de C.F.; Conclusiones; Bibliografía. León, Univ. de León, Servicio de Publicaciones, 1987, 246 pp.

ORTEGA MARTÍNEZ, Fidel, **Carlos Fuentes y la realidad de México,** México, Autor, 1969, 124 pp.
Libro muy breve de escasísima difusión, que no he conseguido consultar y que no aparece citado en ninguna ocasión por los estudiosos de la obra de Fuentes a no ser en algunos compendios bibliográficos.

PAMIES, Alberto y BERRY, Daen, **Carlos Fuentes y la dualidad integral mexicana,** Miami, Universal, 1969.
Los autores elaboran en general ideas extraídas de otros comentarios críticos, y quizás debido a ello, lo más destacable del libro sea la bibliografía final.

RAMÍREZ MATTEI, Aida Elsa, **La narrativa de Carlos Fuentes,** Puerto Rico, Universidad de Puerto Rico, 1983.
La autora elabora un estudio de la obra de Fuentes que destaca sobre todo por su perfecta estructuración. Dedica los distintos capítulos del volumen a analizar individualmente las diferentes narraciones del escritor mexicano, distinguiendo en cada una de ellas los aspectos que considera más importantes, tales como tema, lenguaje, personajes, aspectos simbólicos y míticos, etc. Esta claridad estructural, unida a un lenguaje diáfano y sin ambigüedades, hace de esta obra un estudio-guía que han de tener presentes todos los interesados en esta materia. También es de hacer notar la extensa bibliografía final.

REEVE, Richard M., **The Narrative Technique of Carlos Fuentes: 1954-1964,** Unpublished Doctor's Dissertation University of Illinois, 1967, 302 pp.

REVENGA, Luis (Coord.), **Carlos Fuentes. Premio Miguel de Cervantes 1987** (Catálogo de la exposición realizada por el Ministerio de Cultura). Comprende: J. Cortázar, «Carta de Julio Cortázar»; G. García Márquez, «Carlos Fuentes, dos veces bueno»; S. Sarduy, «Escrito sobre un cuerpo»; J. Goytisolo, «Disidencias»; S. Garmendia, «Después de *Terra Nostra*»; M. Vázquez Montalbán, «¿Era Carlos Fuentes o era Jorge Negrete?»; J. Ríos, «Carta atlántica a Cristóbal Nonato»; J. Ortega, «Carlos Fuentes: la cólera y la risa»; Cronología; «América..., por C. Fuentes»; Obras de C.F. y Hemerobibliografía. Madrid, Ministerio de Cultura, Centro de Las Letras Españolas, 1988, 88 pp.

SOMMERS, Joseph, **Yáñez, Rulfo, Fuentes: La novela mexicana moderna,** Caracas, Monte Ávila, 1969.
Estudio de importancia relativa debido a su fecha temprana y a su brevedad, ya que tan sólo un tercio del volumen —dedicado a los tres novelistas más destacados del México del momento— se centran en C.F.

Carlos Fuentes Issue, Norman (Oklahoma), World Literature Today, LVII, 4 (1983).
Número monográfico dedicado a C.F., donde se incluyen un total de 11 colaboraciones sobre distintas obras narrativas y dramáticas del autor. Destaca la bibliografía selecta elaborada por Richard M. Reeve así como la cuidada presentación, con gran cantidad de fotografías e ilustraciones.

NOTA BIBLIOGRÁFICA COMPLEMENTARIA

Para una más amplia información sobre la literatura hispanoamericana en su contexto temporal-espacial, mencionamos algunas obras de referencia que incluyen amplias bibliografías en casi todas ellas y que no han sido mencionadas anteriormente.

AÍNSA, Fernando, **Identidad cultural de Iberoamérica en su narrativa,** Madrid, Gredos, 1986, 590 pp.

ALCINA FRANC, José **El descubrimiento científico de América,** Barcelona, Anthropos, 1988, 311 pp.

ANDERSON IMBERT, Enrique, **Historia de la literatura hispanoamericana,** Vol. I: La colonia. Cien años de república. Vol. II: Época contemporánea, México, FCE, 10.ª reimp. de la 2.ª ed. 1986, 519 pp., 3.ª reimp. de la 6.ª ed. 1980, 111 pp., col. Breviarios, 89 y 156.

BELLINI, Giuseppe, **Historia de la literatura hispanoamericana,** Madrid, Castalia, 1985, 814 pp.

BRUSHWOOD, John S., **México en su novela. Una nación en busca de su identidad,** México, FCE, 1.ª ed. 1973, 437 pp.; col. Breviarios, 230.

—, **La novela hispanoamericana del siglo XX. Una vista panorámica,** México, FCE, 1.ª ed. 1984, 408 pp., col. Tierra Firme.

GROSSMANN, Rudolf, **Historia y problemas de la literatura Latinoamericana,** Madrid, Revista de Occidente, 1972, 758 pp.

PORTAL, Marta, **Proceso narrativo de la revolución mexicana,** pról. de L. Zea, Madrid, Espasa Calpe, 1980, 376 pp., col. Selecciones Austral, 75.

SHAW, Donald L., **Nueva narrativa hispanoamericana,** Madrid, Cátedra, 3.ª ed. 1985, 247 pp., col. Crítica y Estudios Literarios.

USLAR-PIETRI, Arturo, **Breve historia de la novela hispanoamericana,** Madrid, Mediterráneo, 3.ª ed. 1979, 183 pp.

ROY, Joaquín (Comp.), **Narrativa y crítica de nuestra América,** introd. de J. Roy, Madrid, Castalia, 1978, 414 pp.

ANTHROPOS, RDCC. Consúltense los números que se relacionan a continuación: Juan Carlos ONETTI, n.º 2, 1981; Octavio PAZ, n.º 14, 1982; Ernesto SÁBATO, n.º 55-56, 1985; Juan GOYTISOLO, n.º 60-61, 1986; Manuel ANDÚJAR, n.º 72, 1987; Leopoldo ZEA, n.º 89, 1988 y Carlos FUENTES, n.º 91, 1988.

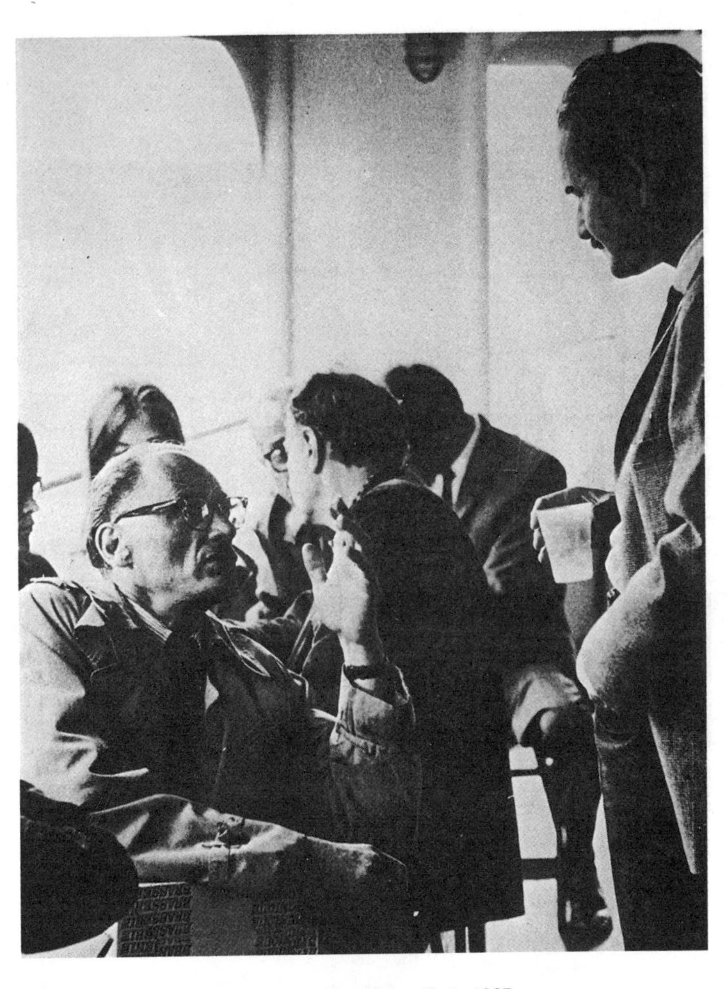

Con Arthur Miller. Nueva York, 1967

Gabriel García Márquez, Alejo Carpentier y Carlos Fuentes. París, 1979

Con Pablo Neruda. Concepción, Chile, 1962

Cronología de Carlos Fuentes

1928 Carlos Fuentes nace el 11 de noviembre en Ciudad de Panamá. Su madre es Nerta Macías Rivas y su padre es el Dr. Rafael Fuentes Boettiger, diplomático y embajador de México en Holanda, Panamá, Portugal e Italia.

1929-34 Vive en Ciudad de Panamá, Quito, Montevideo y Río de Janeiro, donde su padre ocupa varios puestos diplomáticos.

1934-40 Vive en Washington, D.C., donde su padre ejerce como consejero de la Embajada mexicana. Asiste a la escuela pública Henry D. Cooke.

1940-44 Vive en Santiago de Chile y Buenos Aires con su familia. Asiste en estos países a la escuela secundaria. Publica sus primeros artículos y relatos cortos en el *Boletín del Instituto Nacional de Chile.*

1944 Vuelve a México, donde su padre desempeña el cargo de director de protocolo del Ministerio de Asuntos Exteriores.

1946 Termina la graduación de bachillerato en el Colegio México de Ciudad de México.

1947-49 Recibe clases en el Colegio Francés Morelos. Publica algunos relatos cortos en las revistas *Mañana* e *Ideas de México.*

1949 Comienza la graduación en leyes en la Universidad Nacional Autónoma de México.

1950 Completa sus estudios profesionales en el Institut de Hautes Études de Ginebra. Ejerce como secretario de la delegación mexicana en la Comisión Internacional de Derecho de las Naciones Unidas, en Ginebra.

1951 Forma parte de la delegación mexicana en la Organización Internacional del Trabajo en Ginebra.

1952 Ocupa el cargo de Secretario de Prensa del Centro de Información de las Naciones Unidas en Ciudad de México.

1953 Colabora en la edición de la revista *Universidad de México.* Desde esta fecha y hasta 1956 ocupa el cargo de Director Asistente de la División Cultural de la Universidad Nacional Autónoma de México.

1954 Publica su primer libro, *Los días enmascarados,* una colección de relatos cortos. Comienza a escribir artículos sobre literatura, otras artes y política en periódicos y revistas de México y otros países. Trabaja como Secretario de Prensa del Ministerio de Asuntos Exteriores de México.

1955 Funda y edita la *Revista Mexicana de Literatura* con el escritor Emmanuel Carballo y Octavio Paz.

1956 Dirige el Departamento de Relaciones Culturales del Ministerio de Asuntos Exteriores de México hasta 1959. Miembro del Centro Mexicano de Escritores.

1958 Aparece su primera novela: *La región más transparente.*

1959 Publica la novela corta *Las buenas conciencias.* Contrae matrimonio con la actriz Rita Macedo. Abandona el servicio diplomático. Viaja a Cuba inmediatamente después de los sucesos de la Revolución cubana. Junto con Víctor Flores Olea, Enrique González Pedrero y otros funda y coedita la revista *El Espectador.*

1960 Aparece la primera traducción en inglés de *La región más transparente.* Es miembro, jurado del premio literario Casa de las Américas en La Habana.

1961 Viaja a Checoslovaquia y Holanda, donde su padre ocupa el cargo de embajador de México. Viaja a Cuba como delegado del Congreso para la Solidaridad con Cuba.

1962 Publica las novelas *La muerte de Artemio Cruz* y *Aura.* Nace su hija Cecilia.

1963 Participa en la Conferencia de Países no Alineados, en Belgrado.

1964 Publica la colección de relatos cortos *Cantar de ciegos.*

1965-66 Colabora en la fundación de la editorial Siglo XXI. Vive en París.

1967 Publica las novelas *Zona sagrada* y *Cambio de piel.* Esta última recibe el Premio Biblioteca Breve de la editorial Seix Barral en Barcelona. Miembro del jurado del Festival de Venecia.

1968 Vive en Londres y París. Publica los ensayos *París, la revolución de mayo* y *Líneas para Adami.* Visita Checoslovaquia con Julio Cortázar y Gabriel García Márquez. Colabora con François Reichenbach en el filme *México, México.*

1969 Vuelve a México. Publica la novela *Cumpleaños* y el ensayo *El mundo de José Luis Cuevas.* Se divorcia de Rita Macedo.

1970 Publica la obra de teatro *El tuerto es el rey,* estrenada en el Beethoven Festival de Viena dirigida por Jorge Lavelli y representada por María Casares y Sammy Frei.

1971 Publica el volumen de ensayos *Casa con dos puertas* con trabajos sobre Austen, Melville, Faulkner, Buñuel, Genet y otros. También aparecen su segunda obra de teatro: *Todos los gatos son pardos.* Muere su padre. Aparece un volumen titulado *Los reinos originarios* que recoge sus dos obras de teatro.

1972 Publica la colección de escritos políticos *Tiempo mexicano.* Es nombrado miembro permanente del Colegio Nacional de México. Cubre para la televisión mexicana la Convención Demócrata en Miami.

1973 Se casa con la periodista Silvia Lemus. Nace su hijo Carlos. Interviene en el acto de honor a Pablo Neruda en Nueva York.

1974 Miembro del Woodrow Wilson International Center for Scholars en Washington, D.C.; nacimiento de su hija Natascha. Es nombrado embajador de México en Francia, función que ejercerá hasta 1977.

1975 Publica la novela *Terra Nostra,* que recibe en México el Premio Javier Villaurrutia. Actúa como delegado en la Conferencia sobre Ciencia y Desarrollo en Yugoslavia.

1976 Publica el ensayo *Cervantes o la crítica de la lectura.* Dirige la delegación mexicana en la Conferencia para la Cooperación Económica (Diálogo Norte-Sur).

1977 Recibe el Premio Rómulo Gallegos en Caracas por la novela *Terra Nostra.* Dimite como embajador en Francia. Desde este año y hasta 1982 visita numerosas Universidades como profesor y lector, entre ellas las de Pennsylvania, Columbia, Cambridge. Princeton y Harvard. Es miembro del jurado del Festival de Cannes.

1978 Vive en Princeton. Publica la novela *La cabeza de la hidra.*

1979 Recibe en México el Premio Alfonso Reyes por el conjunto de su obra.

1980 Publica la novela *Una familia lejana.*

1981 Publica la novela corta *Agua quemada.*

1982 Aparece su obra de teatro *Orquídeas a la luz de la luna,* que es estrenada en el Loeb Drama Center de Cambridge, Massachusetts; en junio de este año esta obra es representada por el American Repertory Theater, dirigida por Joanne Green y protagonizada por Rosalind Cash, Hellen Holly y Frank Licatto.

1984 Recibe el Premio Nacional de Literatura de México.

1985 Aparece la novela *Gringo viejo.* Este mismo año publica en inglés el ensayo político *Latin America: At war with the past.*

1986 Vive en Inglaterra como Catedrático Simón Bolívar en la Universidad de Cambridge. Aparece su última novela: *Cristóbal Nonato.* Publica en inglés la selección de ensayos titulada *Myself with others.*

1987 Recibe el Premio Miguel de Cervantes. Inaugura la cátedra Robert F. Kennedy en la Universidad de Harvard.

1988 Comienza el rodaje de la película basada en *Gringo viejo,* protagonizada por Jane Fonda y Gregory Peck. Recibe la orden de Rubén Darío en Nicaragua y la medalla del Club Nacional de las Artes en Nueva York.

AUTORES

FRANCISCO JAVIER ORDIZ VÁZQUEZ (Oviedo, 1958), doctor en Filología Hispánica por la Universidad de Oviedo, es en la actualidad profesor de la Facultad de Filosofía y Letras de la Universidad de León. Su actividad investigadora se ha dirigido siempre a diversas parcelas relativas a la literatura hispanoamericana, y en este ámbito ha publicado diferentes artículos sobre novela contemporánea y teatro del siglo XVI principalmente. Es también autor del libro *El mito en la obra narrativa de Carlos Fuentes,* donde analiza los aspectos más significativos de la obra del reciente Premio Cervantes.

MARÍA VICTORIA REYZÁBAL (Madrid, 1944), licenciada en Filología Hispánica, profesora agregada de bachillerato y actualmente asesora técnica del Ministerio de Educación y Ciencias. Ha impartido numerosos cursos y conferencias sobre literatura española e hispanoamericana en Argentina y en España y ha colaborado en diversas publicaciones de literatura. Entre sus publicaciones cabe citar *El tiempo, El sureño* y *Me miré y fue el océano* (1987). Se publicarán próximamente *Equilibrio de arenas y de viento* e *Inadvertidamente.*

TEODOSIO FERNÁNDEZ es catedrático de Literatura Hispanoamericana en la Universidad Autónoma de Madrid, y en la actualidad decano de la Facultad de Filosofía y Letras de esa Universidad. Toda su actividad docente e investigadora se ha centrado siempre en la literatura de América latina, y es autor de un buen número de ensayos sobre temas variados: el teatro chileno contemporáneo, Rubén Darío, la poesía del siglo XX, el indigenismo y los narradores contemporáneos han ocupado principalmente su atención.

Índice